高速潜水艦 呂二百

田中 実

目次

昭和十八年
五月　トラック泊地　連合艦隊司令部会議……7
六月　三菱重工長崎造船所　計画書……17
九月　呉海軍工廠　仁型哨戒艇……23
九月　呉海軍工廠設計部　一号艦改造……26
十月　伊予灘　一号艦試験航行……32
十一月　マキン、タラワ失陥……43
昭和十九年
二月　訓練、整備体制構築……44
二月　トラック空襲……46
三月　仁型哨戒艇　展開開始……48
三月　呂二百部隊　艦長会議……53
三月　パラオ空襲……59
三月　古賀長官機遭難……61
四月　ハワイ太平洋艦隊司令部……62
五月　第一機動艦隊　タウィタウィ泊地進出……67
五月　呉　第六艦隊司令部……68

六月

三日　マリアナ西方　仁型哨戒艇部隊……75
十一日　サイパン　空襲……78
十一日　小池の独白……82
十三日　サイパン　艦砲射撃……96
十四日　サイパン　第六艦隊司令部……99
十五日　サイパン　米軍上陸開始……103
十五日　あ号作戦発動……107
十五日　マリアナ北方　第五十八任務部隊……112
十六日　サイパン　陸軍主力部隊壊滅……114
十七日　サイパン　海軍司令部……115
十八日　サイパン沖　揚陸指揮艦ロッキーマウント……120
十八日　タポチョ山　陸軍部隊……123
十八日　マリアナ西方哨戒網　米機動部隊発見……128
十八日　サイパン　第六艦隊司令部……134
十八日　南西太平洋　第一機動艦隊……140
十九日
○五三〇　サイパン西方　第五十八任務部隊……143
○六〇〇　サイパン西方　マリアナ沖海戦……148

〇六三〇　南西太平洋　第一機動艦隊……163
〇七〇〇　サイパン沖　揚陸指揮艦ロッキーマウント……175
〇九〇〇　サイパン西方　第五艦隊旗艦インディアナポリス……180
〇九一〇　南西太平洋　第一機動艦隊　攻撃隊発進……183
一〇一五　サイパン西方　第五十八任務部隊　駆逐艦部隊……186
一一〇〇　サイパン西方　第五艦隊旗艦インディアナポリス……191
一一一〇　サイパン沖　揚陸指揮艦ロッキーマウント……193
一一二〇　サイパン南端　ナフタン半島……195
一四〇〇　サイパン西南西　戦艦部隊分離……199
一四一〇　グアム飛行場　攻撃隊発進……200
一五〇〇　サイパン沖　旧式戦艦部隊……201
一六〇〇　マリアナ東方海上　護衛空母部隊……204
一九〇〇　サイパン西方　米機動部隊制圧……209
二十日
〇一〇〇　サイパン西方　砲撃戦……214
〇五〇〇　サイパン西岸　第二艦隊接近……224
二十七日　ガラパン　祝勝会……229

昭和十八年 五月
トラック泊地 連合艦隊司令部会議

昭和十八年五月八日、連合艦隊旗艦戦艦武蔵の艦上では古賀長官着任後、新司令部の初顔合わせとなる会議が開かれていた。

「他になければこれで終わりとしたいと思うがよいかな？」

予定の議題についてひとまずなにがしかの結論を得たことを確認して古賀は全員を見渡した。

「それでは……」

古賀がそう言いかけたところで奥の一番遠い席の男が声をあげた。

「長官、ひとつよろしいでしょうか？」

声をあげたのは水雷参謀小池中佐だ。小池は伊二一、伊六〇、伊一二二、各潜水艦の艦長を務めた後、潜水艦隊を統括する第六艦隊で参謀職に就いていたが、先に連合艦隊司令部附水雷参謀に任命されここにきていた。

「小池くんか、何かね？」

「先ほど冒頭のお話で、長官は『すでに三分の勝ち目もない。もはや玉砕戦法で時を稼ぐしかない』とおっしゃられました。私も今のままでは確かにその通りかと思いますがその後は一体どうなるのでしょうか？　それについてまだ十分な議論がされていないと考えますが」

古賀は「ふむ……」と言うと、顎に手をあて小池の顔をじっと見た。

「確かにその通りだが、君はそのことで何か言いたいことがあるのかね？」

日本が苦境に立っている主な要因は日米の圧倒的な国力差だ。簡単に解決出来る問題ではなくすぐに対策がうてるものでもない。古賀の会議冒頭の発言の理由も大もとはそこに根ざしている。

どちらかと言うと懐疑的ともいえる古賀の反応は『そんな答えの出ない話を今更ここで蒸し返して一体どうするつもりだ』という意味であり、それは同時に大方の出席者の見方でもあった。

「はい」

中佐の肩書もここ連合艦隊司令部ではようやく末席を占めることが出来るに過ぎない。半数の興味深げな視線と残りの冷ややかな視線が集まる中、小池は立ち上がった。

「長官は『三分』という言葉を使われましたが、それは我々を含む全将兵の気持ちと反応をおもんばかっての非常に婉曲な表現だと私は理解しました」

ここで小池は黒板に歩み寄るとチョークを拾い上げた。

「問題を明確にする為にあえて申し上げます。十倍の国力をもつ国との戦いで持久戦に持ち込まれてしまえばもはや」

そう言いながら、小池は黒板に『絶対に勝てない』と書きこんだ。

「これが本当のところでしょう。しかしながら一方で我々は」

そう言って、小池は今度はその横に『絶対に勝たねばならない』と書き加えた。

「これもまた我々にとって紛うことなき真実です。だとすれば」

小池はここで机に両手をつき出席者に向かって身をのりだした。

「我々はこのままでは絶対に勝てないと分かっている現状を放置し、日本が敗戦へと向かいつつあるのをただ手をこまねいて見ているわけにはいきません」

水雷参謀の思いがけないあからさまな言い方に一瞬会議室はしんと静まり返った。

だが、中佐ごときに批判めいたことを言われて聞き流すわけにはいかない。

「決して手をこまねいて見ているわけではない！　長官もひたすらマーシャル、ギルバートの線を迎撃線とみて艦隊決戦を企図するのだとおっしゃったではないか！」

柳沢主席参謀が声を荒げた。

「私はその後はどうなるのですかとお尋ねしているのです。長官はすでに日本海軍の兵力は対米半量以下に低下したとも言われたはずです。今半量なら一年後には四分の一になるのではありませんか？　この重大な問題は一体どのように解決されるおつもりでしょうか？　ではこう言えばよろしいでしょうか？　戦局を本質的に好転させうる効果的な打開策を何ひとつ打ち出せていない現状をこのまま放置しておくわけにはいきません」

「うむ……」

妙案もなくやむを得ずとは言え、これまで誰もが眼を逸らせ続けてきたあまりに当たり前の事実をいきなり真正面から指摘され、皆押し黙った。

「そんなことは水雷参謀がとやかく言うことではない」

福留参謀長が苦々しげに言った。

小池は参謀長に向き直った。

「そのご発言は受け入れかねます。この会議に出席した以上、私にも先ほど言った『戦局を本質的に好転させうる効果的な打開策』を打ち出す義務があり、中佐に過ぎないからといってその責から逃れることは出来ません。そしてまた私には本来このような重大問題に対処すべき、より適切な立場にあると思われる方々が明確な答えを持っておられるようにも思えません。もしそんなことはないと言われるのであれば是非それを教えていただきたい。確かに私が今申し上げたことは一中佐の言うことではないかもしれませんが、『日本の敗戦』がそう遠くない未来の非常に大きな可能性として存在する今、『越権行為』云々よりはるかに大事なことであるはずです」

小池は出席者の顔を見回した。

不服そうな顔がいくつか見えるものの誰からも発言はなかった。小池の発言を聞き流すのは決して本意ではないのだが、その問題提起に対し明確な答えを持たない以上、今のところはとりあえず沈黙せざるを得ない。

「この戦いの主敵は米軍であり、その米軍と対峙しているのは我々海軍です」

小池は黒板の二つの文を指し示して言った。

・絶対に勝てない
・絶対に勝たねばならない

「現状を変えこの矛盾を解くこと。それが今、我々海軍軍人に与えられた使命であると私は信じます」

小池は続けた。

「ミッドウェー以前、日本には曲りなりにもひとつの『勝つ』ための戦略がありました。圧倒的な勝利を短期間で積み重ね、アメリカの戦意を挫き、世論を分裂させ、早期講和を成し遂げることで。少なくとも当時我々はこの『勝つ』可能性を信じることが出来ました。そしてたとえそれがわずかな可能性であったとしても、勝ち続けることでそれは徐々に現実へと変わりつつあったのです」

小池はさらに続けた。

「あのミッドウェーの大敗北で我々が四隻の主力空母とともに失った、この日本が『勝つ』ための戦略について私はこの一年余り考え続けて参りました。そしてこのたび連合艦隊司令部水雷参謀を拝命しここに出席、発言する機会を得ました。願わくばこの場で私が第六艦隊において立案した計画について皆さん方の時間をしばしお借りし、お話しすることが出来ればと考えております」

小池は言った。

言い方は丁寧であくまで低姿勢だったが、これだけは譲らないという意志がそこに込められていた。

「そういった話は第六艦隊を通すのが筋だと思うが」

福留参謀長が話を遮った。

「風雲急を告げる中、今話をせずわざわざ時間をかけて遠回りせねばならない理由をお教え頂きたい。但し念のため申し添えておきますが、これからお話ししようとしている内容は第六艦隊小松長官も既にご了解済です」

小池は反論した。

正式な手順を踏んでこんな提案を出そうものなら様々な段階でありとあらゆる難癖をつけられ間違いなく突き返されるであろうことを小池はよく知っていた。そしてそのたびに反論を繰り返していたら認めさせるのに百年かかる。この時期に連合艦隊司令部水雷参謀を拝命したのは小池にとってまさに千載一遇の好機であった。

「分かった。続けてくれ」

小池の話を興味深げに聞いていた古賀長官が先を促した。

小池は古賀に向き直ると、はっ、と頭を下げた。

「まず最初に明確にしておきたいことがあります。大艦巨砲はもとより、たとえ航空主兵でも、もはや絶対にアメリカに勝つことは出来ません」

これにはさすがに異論が出た。

「航空主兵がいかんというなら君は一体どうしろと言うんだ」

航空参謀の内藤が呆れたとでも言わんばかりの調子で声をあげた。

航空主兵は軍事において、もはや抗いようのない世界の流れだ。日本でも高性能機の開発と生産拡大は既定路線であり急務となっている。制空権がなければ制海権もなくどちらも失えば敗北は必至だ。

「航空主兵でアメリカに勝てるならそれもいいでしょう。しかしそれで勝てるのですか?他に方法が見つからないからやむを得ずそうしているだけではありませんか?」

「だが負けないいくさなら出来るぞ。空母機動艦隊を再建し基地航空兵力と共同して決戦に臨めば決してやすやすとやられるようなことはない」

内藤はそう答えたもののあまり歯切れはよくない。

「それは詭弁にすぎません」

小池はあっさりそれを否定した。

「敵の航空戦力は倍々で増えます。一年たてば空母は間違いなく十隻となり艦載機は千機となります。二年たてば空母は二十隻になり艦載機は二千機になるのです。しかも性能面でも日米の差が急速に開きつつあるのは明らかです。海軍の将官でこの事実を知らない人間はいないはずです。現時点でも既に一時的な勝ちを得ることすら困難ですが、たとえ百歩譲って一度や二度、運よく小さな勝ちを拾ったところで急拡大していく戦力差は埋めることは出来ず、アメリカを講和のテーブルに引き出せる可能性はまったくありません。結果として行き着くところはひとつです。誰もが自分が見たくない事実から目を背けているにすぎません」

「長官」

小池は古賀に向き直った。

「我々の目の前にあるのは直視するのが恐ろしいほど困難な現実です。誰も表立って口に出そうとはしませんが、事実から目を背けて問題を解決することは出来ません。先ほどの『すでに三分の勝ち目もない』というお言葉を失礼ながら私は待ちかねておりました」

小池はここで一旦言葉を切ると、出席者全員を見回した。

「我々は米海軍に『これではとても継戦不可能』と思わせる大打撃を与えねばなりません。それは中途半端な一時的な勝利を意味するものではありません。そんなものは無意味です。必要なのは日本海海戦のような敵主力艦隊の『撃滅』。言い換えれば全艦撃沈。それが出来なければやがて日本は敗けます。時間の問題です。敗けないいくさなどありません。そしてそのような勝利は既に敵が満を持して待ち構えているのが明らかな空母機動部隊にも戦艦部隊にも決してなし得ないのです。既存兵器を使ってアメリカと戦い続けることは信長のわずか二千の部隊が義元の三万の軍勢に真正面から野外決戦を挑むようなものです。今のままではどう転んでも勝ち目はありません」

小池の熱弁をあっけにとられて聞いていた出席者達がざわめきだした。

「それではきみは何か？　今から航空機や戦艦に代わる新兵器を作ろうとでも言うのか？」

柳沢主席参謀が冗談じゃない、と言わんばかりの様子で言った。

「そうです。それ以外に日本が勝つ術はありません」

小池はその発言を一蹴した。

「そして始めた戦争は終わらせねばなりません。この戦争はここにいる誰かが始めたものではなくその点について我々に責任がないのは明白ですが、しかしそれでもなお我々には兵達のためにこの戦争を終わらせる義務があります」

「戦争を終わらせることを云々するなど統帥権干犯ではないか」

福留参謀長が再び横槍を入れた。

「形式的な理屈において戦争終結の権限を持っているのが誰であれ、海軍が対米大勝利を得ない限り決してこの戦争を終わらせることは出来ません。つまり実質的な意味でこの戦争を終わらせることが出来るのは海軍だけです。そして連合艦隊司令部がその海軍の作戦立案の重要な部分で大きな役割を担う以上、我々に戦争終結の責任がないわけがありません」

小池は再び机上に身を乗り出した。

「この戦争は勝ち目がないからやめましょうとは誰に対しても決して言えるものではありません。そしてまた私は既に勝ち目がないことを知りながら、兵に無謀な戦いを強い、国民を欺き続けることもしたくありません。ですからこの戦争はどうしても勝つことによって終わらせねばなりません」

小池の顔は真剣だった。

「君にはその方策がある、と言うのだな?」

古賀が小池に尋ねた。

全ての視線が小池に集まった。

「その通りです。ご説明の準備は出来ています」

小池は机に積み上げた書類の束に右手をのせた。

古賀は全員を見回した。

「私はここまで彼が言ったことは概ね正論だと思う。久しぶりにまっとうな意見を聞いたような気がする」

こう言うとさらに続けた。

「しかしながら、一方で現状の航空機や戦艦にとって代わる新兵器を作るなどということが本当に出来るのかという話になると、これはまたそう簡単には信じかねると言うのも正直なところだ」

古賀はわずかに笑みを浮かべた。

「だが確かに彼が言うようにどう転んでも今のままでは我々に活路はない。そしてまた、彼の言う案を聞いてみてそれがどんなに荒唐無稽で愚にもつかないものであったにせよ、ただこの会議が多少長引くだけのことだ。『藁にもすがる思い』という言い方もあるが」

古賀の顔から笑みが消え、その目が小池の視線をとらえた。

「私は彼の言うその案とやらを是非聞いてみたい」

昭和十八年 六月
三菱重工長崎造船所 計画書

梅雨時のはっきりしない天気が連日続いている。

第二設計課課長の武村は所長室に呼ばれた。

「海軍艦政本部から新規の計画書が届いている」

そう言って、山内所長は机の上に置かれた軍極秘の印が押された数枚の書類の綴りを取り上げて武村に手渡した。

「君も目を通してみてくれ」

武村は妙だなと思った。所長は技術畑出身で海軍艦艇設計の仕事にも長年携わった経験がある。これまでの主要な仕事について熟知しているといっていい。だから軍から要求書がくれば、通常なら部下に渡す前に要点だけ押さえて分かり易く説明、指示してくれるのだ。

とりあえず武村は言われるがまま、所長の机の前に置かれた椅子に座り綴りを読み始めた。

表紙には『潜水艦用増設機関区 計画書』とある。

一、名称
潜水艦用増設機関区

二、用途

・潜水艦上部に設置し、水中で一定時間の高速を発揮、維持する。

・設置対象艦　呂百型潜水艦

・設置対象艦数　二十（昭和十九年五月末迄）

三、性能（呂百型潜水艦設置時）

・出力（水中）　一万三千二百馬力（酸素魚雷用推進機関　五百五十馬力×二十四基）

・水中最大速度　三十五ノット以上（単独動力による）

・運転継続時間　全速一時間半、三十ノットにて二時間半、二十ノットにて五時間

・安全潜航深度　七十五メートル（呂百型潜水艦と同等）

四、構造

・機関区内部に酸素魚雷用推進機関を三列八段、計二十四基装備する。

・機関区上部もしくは側面に右記機関と同数のスクリューを装備する。

・スクリューの配置は極力推進効率に配慮したものとする。

・最前部及び最後部スクリュー後方に各一基、計二基の操舵装置を装備する。

・仕様の運転継続時間を満足する容量の酸素タンクと燃料タンクを装備する。

・酸素、燃料消費時に対応可能なバラストタンクとベント弁を装備する。

五、外形寸法

・機関区は潜水艦甲板上に取付可能な形状、寸法とする。

・機関区形状は水中航行時の抵抗が極力小さくなるものとする。
・潜水艦司令塔が位置する部分に同寸法、形状の垂直貫通穴を確保すること。
・機関区取付けに先立ち、武装等、甲板上の全障害物は撤去するものとする。
・概寸 全長四五メートル、全幅六メートル、全高一・五メートル

「うーん、水中速力三十五ノットの潜水艦ですか……」

計画書を読み終えた武村は思わず唸った。だが実は武村には思い当たるふしがないでもなかった。以前、潜水艦部隊を統括する第六艦隊から大量の酸素魚雷用推進器の生産可能性について打診があったのである。問い合わせてきたその小池という名の中佐は酸素魚雷について詳細構造に至るまで驚くほど良く知っていた。先方から提示された情報は非常に限定的で電話での非公式な問い合わせということでもあり特に上の人間には報告しなかったが、その目的がこの高速潜水艦計画だったのだ。

武村はもちろん知らなかったが連合艦隊司令部会議での小池の話は単純明快だった。戦艦、空母、航空機で勝ち目がないのなら、米軍の本格的反攻が始まる前にまったく新しい主力部隊を作ればいいというのだ。その主力部隊を具現化するものが水中高速潜水艦だった。現在多数建造中の呂百型小型潜水艦に多数の酸素魚雷用推進機を取り付けすべて桁外れの水中高速潜水艦に改造するというものだ。一基ずつ推進機を取り付けていては手間がかかるため、多数の推進機を組み込んだブロックを別工場で製作しまとめて呂百型潜水艦に搭載するという計画である。

酸素魚雷とは空気の代わりに酸素を酸化剤として使用する日本海軍の誇る高性能魚雷である。空気タンクに燃焼に無用な窒素を入れておく必要がないため、旧来の魚雷に比べ気蓄効率が格段に高くはるかに優速で射程も長い。欧米各国も開発を試みたものの純粋酸素は反応性の高い危険物であり容易に爆発することが大きな障害となって兵器として完成し導入に成功したのは日本だけだった。

この酸素魚雷は技術面で欧米に後れをとる日本が優位を保っている数少ない例外と言っていい。だがこの開戦時に秘密兵器と見做され期待された酸素魚雷も航空機同士による戦闘が主流となった昨今では出番も少なくなった。今では影の薄い存在となって海軍の倉庫に山積みという状態である。

小池はこの高速潜水艦を呂二百と呼んだ。潜水艦の水中最高速度はどの国の艦もほぼ例外なく十ノット止まりである。三十五ノットの高速潜水艦が完成すればこれに対抗出来る水上艦など世界中のどこにも存在しない。

「海軍さんは正気ですか?」

武村がそう言わざるを得ないほど、計画性能は既存の潜水艦のそれと完全にかけ離れている。

「きみもそう思うだろう?」

山内はまさに我が意を得たりと言わんばかりの調子で言った。

武村にも山内の言いたいことはよく分かった。所長という立場であるだけにはっきりと非難こそしないものの、突拍子もない仕様をいきなり提示してきたことにかなり憤慨しているのだ。山内にしろ、武村にしろ、海軍のまず要求性能ありきの実情を無視したご都合主義的な指示にはこれまでも散々振り回され苦労してきている。

「こんなものが本当に出来るのかね？」

「・・・

こんなものにずいぶんと力がこもっていた。

武村はしばらく考えた末、ようやく返事をした。

「確かに性能だけ見ると一見あり得ない感じはしますが、内容は既存技術の組合せに過ぎません。新しいものは何もない。ここに書かれた数値も全てを完全に満足出来るかどうかはともかくそれなりに可能性があると思える数字です。もちろんいざ設計となって現実のものにするとなれば解決すべき細かな問題はいろいろ出てくるでしょうが、潜水艦に酸素魚雷の推進機を多数取付けて高速潜水艦にする、という基本的な考え方自体に無理はないと思います。水中なら造波抵抗がない。全長わずか六十メートルの小型潜水艦に一万三千馬力の大出力機関を積めばとんでもない速度が出るのは間違いない」

武村の肯定的な返事を聞いて山内は意外そうな顔をした。

ただし、と武村は続けた。

「機関区全体の安全潜航深度、操舵装置、バラストタンク、ベント弁などは完全に潜水艦の機能に属する部分です。とても我々の手には負えません。このあたりは潜水艦建造経験の豊富な三菱神戸の協力が絶対に必要でしょう」

「そのあたりは海軍側も承知している。三菱神戸にも同じ計画書が届いていると聞いている」

山内の返事に武村は頷いた。

「あと気になるのはこの生産数と期限です。この計画では一年で二十隻を完成させることになっています」

武村は計画書を丹念に確認しながら言った。

「酸素魚雷の運転継続時間は全速で約十五分です。この計画書の全速一時間半を満足するには推進器一基当たり六本の魚雷用酸素気蓄タンクが必要になります。一隻当たりだと百四四本、二十隻で二千八百八十本です。気蓄タンク製造には時間がかかります」

「二千八百八十……」

山内は黙り込んだ。

武村がこう言うのには理由があった。酸素魚雷の気蓄タンクは二百二十五気圧の高圧に耐える強度を確保するため、直径六、七十センチ、長さ四メートル、七、八トンもあるニッケルクロムモリブデン鋼の合金ブロックを一本一本削り、くり抜き加工して作っている。加工前後の調質にも恐ろしく時間がかかる。これでは製造に時間がかかるのも当然だ。

「ですが別の見方をすれば単に気蓄タンクだけの問題で、これも一日八本作れば二千九百二十本になります。そもそも気蓄タンクの製造は海軍の所管で我々は支給を受けて組み立てるだけですからこの問題については海軍の方がよく知っているはずです。我々が余計な心配をする必要はないのかもしれません」

「海軍側はすぐにでも打ち合わせをしたいと言ってきている」

昭和十八年 九月
呉海軍工廠 仁型哨戒艇

ドックには楕円形の巨大な鉄柱が林立している。高さ約十五メートル、楕円の長径は約四メートル、短径は約二メートル。潜水艦の司令塔部分をそのまま上下に長く三倍ほども引き伸ばしたような形をしている。

「なんだい、こりゃ？」

生産対応で他工場からやってきたばかりの工員がこの光景を見て声をあげた。

「バラストタンク、ポンプ、潜望鏡、水中聴音機、通信装置」

そばにいた別の工員はこう答えると、物知り顔でさらに続けた。

「潜水艦と似たような装備がついてるからまあ潜るんだろう。だが、機関の方はお粗末だ。ちっちゃなエンジンとモーターがついてるが、とてもじゃないがこれで自力航行なんて出来ない。しかしその割に燃料タンクは結構でかい」

工員は巨大な鉄柱を見つめて首をひねった。

「上の人間の口は堅いが、どう見てもこりゃ小型の哨戒基地だな。五、六人乗りってとこか。これからもっとたくさん作るって噂だよ。きっといろんなところにばら撒くんだな。あんたらもそのために集められたんだろ」

長年潜水艦建造工場で働いていると、いちいち教えられなくともいろいろと分かるようになってくるものである。

「一見、潜水艦の司令塔と似てるが頑丈にできてる。この部分だけしかないなら相当深く潜れるぞ」

工員はそう言うと、興味津々の顔で聞いていた新顔の方をチラリとみた。

「まあこんな話は口外はもちろん、よけいな憶測もしない方がお互い身のためだよ」

呂二百型潜水艦の高速は攻撃時のみしか使えない。限られた酸素を敵艦隊捕捉のため航行に使ってしまえばいざという時役に立たないからである。そこで小池は呂二百型潜水艦による攻撃を待ち伏せ攻撃とすることも同時に提案していた。予想戦闘海域に多数の小型哨戒艇を事前に配して敵艦隊の行動を常時把握し、呂二百型潜水艦部隊はその予想進行方向に事前に移動、展開しておくというのである。

「五十キロ四方に一艇配置すれば、百艇でおよそ五百キロ四方が常時監視出来ます」

小池はこの仁型哨戒艇と名付けた超小型哨戒艇の計画案まで周到に準備していた。仁型の仁は潜水艦の伊号、呂号、波号の次に続く『仁』である。仁号とすると二号と紛らわしいので仁型としたのである。

「百艇といっても外殻に哨戒用機器をのせるだけです。兵器も一切不要。艦艇製造で主要な問題となる機関については艇位置補正に使うだけですから自動車用エンジンと小型モーターの組合せで能力的に十分です。乗員わずか六名の小型艇です。哨戒に徹した最低限の装備とすれば製造にさほどの困難はありません」

小池はさらにこう言った。

「この仁型哨戒艇は輸送船の海上護衛対策にも使えます。この仁型哨戒艇を航路の両側に並べて敵潜水艦の動きを常時監視すれば被害を大幅に減らせるはずです」

小池は一石二鳥だというのである。米潜水艦活動の活発化で船舶喪失量が激増する中、司令部要員の中にはこの提案に気持ちを動かされたものも何人かいた。

昭和十八年 九月
呉海軍工廠設計部 一号艦改造

昭和十八年九月三十日、御前会議で絶対国防圏が設定された。

『今後採ルヘキ戦争指導ノ大綱』

として、

『帝国戦争遂行上太平洋及印度洋方面ニ於テ絶対確保スヘキ要域ヲ千島、小笠原、内南洋（中西部）及西部『ニューギニア』『スンダ』『ビルマ』ヲ含ム圏域トス』

と定められたものがこれで、

『東部を除く内南洋すなわちマリアナ諸島、カロリン諸島、ゲールビング湾以西のニューギニア以西を範囲とする』

ことが決められた。

呂二百型潜水艦の設計、建造を主導するのは呉海軍工廠潜水艦部である。本体部分は呂百型の流用であるため、設計は増設機関区部分との取合改造が主となる。改造一号艦には神戸の川崎造船所で九月に竣工予定だった呂一一二があてられた。

呂百型潜水艦 主要諸元

・基準排水量　五百二十五トン、全長　六十・九メートル、全幅　六メートル
・出力　　水上　千馬力、水中　七百六十馬力
・速力　　水上　十四・二ノット、水中　八・〇ノット

呂百型は昭和十六年の戦時計画（マル臨計画）で九隻、更に昭和十七年のマル急計画で九隻の計十八隻が計画された。呂百型が全長六十メートル程度と従来型に比べ小型なのは早急に大量の潜水艦が必要になったせいである。大型の潜水艦を時間をかけて建造する余裕はなかった。呂百型は呉工廠で建造された最初の二隻を除いて残りはすべて川崎造船所に発注され、呂一〇〇から呂一一一まで十二隻が既に竣工し残り六隻も順次竣工する予定になっている。小型で量産に適しブロック建造により各艦とも一年ほどで完成している。
小池は高速潜水艦計画の作成にあたって呂百型以外にも高速潜水艦に改造し得る可能性のある潜水艦をいくつか調査していた。

呉海軍工廠設計部　一号艦改造
一、呂三十五型（現行中型）現存二隻、建造中十九隻、起工予定十五隻
・基準排水量　千四百四十七トン、全長　八十・五メートル、全幅　七・〇五メートル
・出力　　水上　四千二百馬力、水中　千二百馬力
・速力　　水上　十九・八ノット、水中　八・〇ノット
二、呂二十九型（旧式、訓練用、予備）現存三隻

・基準排水量 約七百五十トン、全長 七十四・二二メートル、全幅 六・一二メートル
・出力 水上 千二百馬力、水中 千二百馬力
・速力 水上 十三ノット、水中 八・五ノット

三、呂六十型（旧式、訓練用、予備）現存五隻
・基準排水量 九百八十八トン、全長 七十六・二メートル、全幅 七・三八メートル
・出力 水上 二千四百馬力、水中 千六百馬力
・速力 水上 十五・七ノット、水中 八・六ノット

四、伊三百六十一型（輸送用）現存四隻
・基準排水量 千四百四十トン、全長 七十三・五メートル、全幅 八・九メートル
・出力 水上 千八百五十馬力、水中 千二百馬力
・速力 水上 十三ノット、水中 六・五ノット

小池は候補の潜水艦について、艦型、信頼性、改造の容易さ、他目的に流用した場合の影響の大きさなどを検討したが、呂百以外の四つの型はいずれも艦型がやや大きい他、いくつか問題があった。中型の呂三十五型は現行主力潜水艦のため流用が認められない可能性が高く、同様に随時稼働中の輸送用潜水艦も流用が困難と思われた。旧式艦は機能面で信頼性が低く改造にも困難が予想された。

結果、残ったのが呂百型だった。最も小型の呂百型はより高速が期待出来、最新型のため信頼

性も高い。多数現存する呂百型であれば全て同一構造の増設機関区でまかなうことが出来、改造も容易である。また小型の呂百型は中型の呂三十五型に比べれば多少なりとも重要度は低い。呂百型以外に選択の余地はなかった。

竣工済の呂百型十二隻のうち一隻は既に戦没しているため、現存十一隻、建造中六隻の合計十七隻が呂二百型への改造対象とされ、さらに三隻を新たに追加建造して全二十隻とすることが六月に決められた。

すべては古賀長官の意向により最優先事項とされた。ニューギニア方面とインド洋で作戦行動中の艦は内地に戻され、追加建造分三隻は既に七月中に全艦起工、それぞれ急ピッチで建造が進められている。

呂百型二十隻内訳
呂一〇〇～一〇七（第七潜水戦隊、ニューギニア方面帰投艦）七隻
呂一〇二（戦没一隻）を除く
呂一〇八～一〇九（訓練中止）二隻
呂一一〇～一一一（第八潜水戦隊、インド洋帰投艦）二隻
呂一一二～一一七（旧マル急計画にて建造中）六隻
呂二百計画にて新規追加建造　三隻

「一号艦の改造は順調に進んでいるのか?」

呂二百計画担当の技術中佐、吉岡が技術大尉の栗原に尋ねた。

「八月末に三菱長崎から川崎に最初の増設機関区が搬入され、既に呂一一二への取付けは完了しています。細かな偽装工事が残っていますが、これも今週末には完了する予定です」

栗原は呉海軍工廠潜水艦部で技師達が進める取合部や改造部の詳細設計といった実務作業を管理している。また、増設機関区を共同で製造する三菱長崎と三菱神戸、そして建造中の呂一一二を呂二〇〇に改造する川崎造船所の事業所間調整も栗原の仕事である。

「増設機関区さえできてしまえばあとはほぼ完成している艦にそのままのせて固定、溶接するだけです。取付作業自体は二日で完了しました」

「そうか。一号艦については概ね順調ということだな。以降の艦はどうなってる?」

「呂百型建造についてはまったく問題ありません。川崎では既に十隻以上の建造実績がありますからもう手慣れたものです。一艦ごとに少しずつですが工期も短くなっています。三菱神戸に割り振られた一部の艦についても双方とも神戸の会社なので連携はうまくいっていると聞いています」

「そうすると、やはり問題は上物だな」

吉岡は増設機関区のことを上物と呼んだ。

「ええ。新規技術が特にないとはいえ増設機関区としてまとめるのは初めてです。参考になる技術情報もありません。一号艦の完成で設計についてはひと通り目途がついたとはいえ、航行試験でどんな問題が発生するか分かりません。大きな問題がなくとも修正要求は必ずでてくるでしょう。それに気室の量産も頭の痛い問題です」

　栗原が答えた。

「まあ試験のことについては今から悩んでも仕方がない。結果を待つしかない。だが気室量産の方はどうなんだ。うまくいってないのか？」

「いえ、増産体制も徐々に整いつつはあります。ですがなにしろ数が多い。一、二号艦分について間に合わない分は大量在庫の酸素魚雷をバラしてかき集めましたがそれももう底を尽きました。今後は気室不足で一時的に組立に影響が出ることも考えられます」

「そうか、多少はやむを得ないな。最初からある程度予想はされていたことだ。だが呂二百建造計画は呉工廠関連事業の最重要項目に指定されている。状況は常に把握し工程に遅れが出そうな場合はすぐに報告してくれ。古賀連合艦隊司令長官からも直接要請があったらしい。三戸廠長から三日に一度は報告を入れるよう指示がきている」

　吉岡はそう言って栗原に念を押した。

昭和十八年 十月
伊予灘 一号艦試験航行

十一月に竣工する小型潜水艦呂二〇六の艦長を拝命した山下大尉は艦長着任の事前準備として、伊予灘で完熟訓練を行っている同型の一号艦呂二〇〇への乗艦と見学を命じられた。

十月二十三日午前八時、山下が乗艦場所に指定された呉海軍工廠の岸壁を訪れると一隻の潜水艦が工廠本部前の桟橋に係留されていた。彼はゆっくりと桟橋を歩きながら目の前の艦を観察した。同型艦の艦長となる身としてはやはり真剣にならざるを得ない。奇妙なことに艦首と艦尾を除くほぼ甲板全てが多数の防水布で覆われている。

山下が桟橋と潜水艦甲板をつなぐラッタルを渡ると、意外なことに連合艦隊司令部水雷参謀小池中佐の出迎えを受けた。複数の潜水艦で艦長を務め第六艦隊で職歴を重ねてきた小池は山下にとって潜水艦畑の大先輩である。今回艦長を拝命したとはいえ、呂二百型は排水量千トン未満の小型艦艇に過ぎず、また一大尉でしかない山下にとって小池参謀は雲の上の存在であった。

「連合艦隊司令部参謀の小池中佐がこんなところで一体何をしておられるのですか?」

山下は不思議に思って尋ねた。

「こんなところでとは心外だな。水雷参謀が新造潜水艦の状況確認と報告をするんだ。何か問題があるかね?」

事実、小池は呂二百型一号艦完成の報告を受け古賀長官の指示でトラックから呉に来ていたのだが、山下にしてみれば戦時急造の小型潜水艦に過ぎない呂二百型に連合艦隊司令部がなぜそこまで注目するのかが分からない。そもそも潜水艦乗員には、大本営や連合艦隊司令部は潜水艦部隊を軽んじて便利使いしている、との共通認識がある。

山下のまだ納得しかねるという顔を見て、小池はアハハハと愉快そうに笑った。

「ところで、あの覆いは一体何ですか？」

「新造艦の機密保持だよ。試験海域で取り外すんだ。今に分かる」

小池は山下の問いにそれだけ答えて背を向けると、先に立って歩き出した。

二人が艦橋のハッチを抜けて下に降り発令所に入ると、そこには山下の同期でこれも新任艦長の近藤大尉が待っていた。いくら小型とはいえ、れっきとした潜水艦の艦長に次々と大尉をあてるのは戦前であれば考えにくい。艦長の大安売りとも言えなくはない。稼働潜水艦が増えた為、艦長人材も払底しているのだ。

「よう、来たな。貴様が最後だ。出航の準備はもう整っているぞ」

近藤は同期の気安さで山下に声をかけた。

栈橋を離れた呂二〇〇は目的地の伊予灘に向け二時間半ほど水上航行を続けた。その間、近藤は艦の運航を副長に任せ自ら山下に艦内を案内した。やがて呂二〇〇は試験予定海域に到着すると、完全に停止した。

「防水布を除去」

周囲に船舶がいないことを確認して近藤が指示を出す。十数人の乗員が作業のため甲板上に上がっていく。

「私も見てくる」

そう言って小池参謀も発令所を出ていった。

「俺も行っていいか？」

山下は近藤に許可を求めた。ここでは山下はあくまで見学者、部外者だから念の為に確認したつもりだったのだが、

「いや作業の邪魔だ」

近藤はそう言ってにべもなく拒否した。

「覆いの下に噴進砲でも載せてるのか？」

噴進砲とは実戦配備間近の噂が流れる海軍で開発中のロケット兵器だ。ただどの程度有効なものかは未知数だ。

むっとした様子の山下の皮肉に近藤は笑いながら言った。

「そんなところだ。まあ、帰港前にはたっぷり見てもらうさ」

作業が完了し全乗員が艦内に戻ったのを確認すると、近藤は試験開始を告げた。

「これまでに潜水艦としての機能確認試験は一通り終わっている。今日は潜航状態での全力加速試験と全速航行での運動性能と挙動確認をする」

近藤が山下に説明したのはそれだけだ。質問しようとする山下にはもう見向きもせず次々と指

示を出す。

「潜航、ベント開け」

「モーター始動」

呂二〇〇はゆっくりと前進しながら潜航していく。

潜航中の潜水艦の速度は最大でも八ノット程度である。空気が取り込めない水中ではディーゼルなどの大出力機関が使えずモーターでしか航行出来ないからだ。だから山下は全力加速試験？運動性能？　と不思議に思ったものの、すでに試験が開始された今聞き返すのも憚られた。まあすぐ分かるだろう。

「モーター停止」

深度五十で水平になった艦は再び停止した。

「全補機始動。総員戦闘配置につけ」

近藤艦長が伝声管で指示を出す。

「補機？　一体何だ、それは？」

「新設の補助機関だよ」

山下の問いに近藤はそれだけ答えた。

それで速度試験をするのか、と山下は納得した。水中速度が数ノット向上するのかもしれない。

直後、モーターとは明らかに異なる機関音が静かに響き、艦が再度ゆっくりと動き始めた。既に十年近い潜水艦乗務経験のある山下にもそれが一体何なのかまったく分からなかった。潜航中の推進機はモーター以外にないはずである。

すぐに全補機始動確認の報告が伝声管を通して返ってきた。

「そこにちゃんと掴まってろ！」

近藤が壁の取手を指さして、突っ立っていた山下に怒鳴った。

その剣幕に山下は慌ててそれを掴んだ。

「全補機全速！」

近藤の指示と同時に機関音が大きくなった。

艦は唐突にスルスルと動いた。不意を突かれた山下はかろうじて取手にしがみついた。

……な……な、なんだ？

一瞬山下は高速の水上艦に乗っているような錯覚に陥った。これは山下の知る潜水艦の動きではない。

軽々と動き出した呂二〇〇は一瞬後、猛烈な勢いで突進を開始した。全長六十メートルの小型潜水艦は驚愕する山下をあざ笑うようにグイグイと一気に速度を上げていく。

踏ん張る山下に強烈な加速が襲い掛かる。

……こ……これは一体……？

愕然とした表情で取手を握り締め、しばらく固まっていた山下はハッと我に返り速度計に目をやった。その針は既に二十ノットを超えている。同時に彼はその目盛が四十ノットまで刻まれていることに気が付いた。

……四十ノット？　何故だ？　さっき見た時は最大二十ノットだったはずだ……

だが、動顛した山下にその理由をじっくり考えている余裕はなかった。

加速は衰える気配がない。速度はみるみる上がっていく。

「二十五ノット、十七秒！」

操舵員が到達速度と経過時間を報告する。

「おい、こ、こら！　ちょっと待て！」

山下はたまらず声を上げた。

「これは一体何だ！　本当に二十五ノットでてるのか！」

「こいつは既に調整済だ」

近藤は速度計を指さした。

「こんな潜水艦があるか！」

山下は怒鳴った。

直後、山下は分かったと言わんばかりにポンと手を打った。

「そうか、例のシュノーケルが完成したんだな？　吸気管を出してディーゼルで走ってるんだろう？」

「お前、そんなもの突き出したままこれだけの速度が出せると本気で思ってるのか？　シュノーケルなんてない。今は全没状態だ」

近藤は呆れたような顔をした。

「……」

「三十ノット、二十五秒！」

操舵員は淡々と報告を続ける。

「おい！　水上だってこんなに出なかったろうが！」

「水上だと今でも出ない」

山下は目を剥いた。

「誰がそんな話をした！　俺はこんな水中機関の話なんて一度も聞いたことがないぞ。一体どこでこんなものを作ってたんだ！　何でこんな馬鹿げた速度が出るんだ！」

「聞いたことがない？　そんなはずはない」

「何？」

「魚雷だよ。水中で五十ノット出る」

山下は黙り込んだ。

「それは……酸素魚雷のことを言ってるのか？　酸素魚雷がこの艦についてるのか？」

近藤は苦笑した。

「魚雷はついてない。魚雷はついていないが酸素魚雷の推進機関がほぼそのまま二十四基ついてる。合計出力は一万三千二百馬力。酸素タンクの容量は魚雷の六倍だ」

「……」

「それでも使用時間は限定される。酸素がきれたら簡単には補給もきかない。そうなったら貴様もよく知ってるこれまで通りの潜水艦だ」

「三十五ノットです。三十七秒！」

　呂二〇〇は高速で突き進む。

「……三十五ノット……」

　山下は呆然と呟いた。

「よし、あとは三十秒ごとに速度を記録。変化がなくなったら加速試験は終了だ」

　近藤は操舵員に指示を出し終えると山下に向き直った。

「酸素魚雷の疾走時間は約十五分だが、この増速装置の場合、三十五ノットで一時間半、二十ノットなら五時間の航行が可能だ。どうだ山下、気に入ったか？」

　近藤はからかうように言った
「これは秘密兵器じゃないか！」

　山下は顔を真っ赤にして叫んだ。

「三十五ノットで一時間半走れれば米軍の駆逐艦など恐れるに足りん。これまで見つかれば一方的にやられるだけだったが、こいつが配備されればどんな駆逐艦だろうともはや逃げることしか出来まい！」

　全ての試験が終了し概ね良好の結果が得られた午後三時半過ぎ、小池、近藤、山下の三人は揃って浮上した呂二〇〇の甲板に上がった。艦首から艦尾まで二十四基のスクリューが風車のようにズラリと並んでいる。

いまだ興奮冷めやらぬ様子の山下は端から端まで丹念に見て回った。

「個々の機関は小型だから立ち上がりが早い。また、艦自体小さいうえ全長にわたって推進力が分散しているから伝達効率がよく加速も速い。それだけではない。前部スクリュー後方にも舵がついているから旋回半径が小さく機動性も抜群だ」

小池が山下に説明した。

「こんなおかしなものがよくできたものだ」

甲板上を数往復した山下はそこに並んだ無数のスクリューを見つめて感嘆するように言った。

「ここは見ての通りだ。他に何か質問があるかね?」

「いえ、よく分かりました」

山下はそう言うとおもむろに近藤に向き直り、いきなり怒鳴った。

「貴様！　よくも俺に一杯くわせてくれたな！」

近藤は笑い出した。

「人聞きが悪いことを言う奴だな。俺は上官の命令に従っただけだ」

「何を言う！　君の方がよっぽど乗り気だっただろ！」

小池はむきになって訂正した。

「参謀……」

山下は情けない顔をした。

「いやすまん、すまん。勘弁してくれ。まあ山下君には悪かったが、たまにはこういった余興もないとね。何せこのところ気が滅入るような情報ばかりだからさ」

　小池は妙に嬉しそうな様子でそう言うと山下の肩を軽く叩いた。

　その後、近藤は山下に艦内最上部の四十五メートルに及ぶ補機区画を案内した。

　高さ一・五メートルの区画内部には魚雷状の多数の酸素タンクがぎっしりと並び、その隙間に燃料タンクが収められている。そしてタンク間の空間の上部八か所に各三基ずつの酸素機関が取り付けられている。

　運転員は十二名。一人で三基、八人で二十四基を受け持ち、残り四人は万一異常が起きた場合の対応要員となっている。これまでの訓練では正常に点火しない冷走が発生したことが二度あるが、どちらも再始動ですぐに解消している。

「完成度は高そうだな。前線への配備はいつだ？」

「今は推測でしかないが、一年先」

「それでは遅い！」

　山下の声が大きくなった。

「遅すぎる！」

「俺も同じことを言ったよ。だが小池参謀の話を聞いて納得した。まあ、俺もお前もまだまだ知恵と経験が足りないということだな」

　近藤は言った。

「どういうことだ？」

「米軍も馬鹿じゃない。どんな秘密兵器も対策がうたれたらすぐに効果は半減する。そして我々には二度とこんな驚異的な兵器を作り出す力はない。もしこの呂二百型潜水艦を出来たものから順に小出しにすれば、最初はそれなりの戦果をあげたとしてもあっという間に陳腐化してそれっきりだ」

「なるほど……」

山下は頷いた。

「だからたとえ多少時間がかかってもある程度の規模の部隊が出来上がるのを待って一気に敵主力を叩く。それが小池参謀の考えだ」

「それまで前線部隊は現状装備で頑張るしかないと言うことか」

山下は口をへの字に曲げた。

「その通りだ。だがな、山下。俺は初めてこの艦の力とその目的を知らされたとき目の前が急に明るくなったような気がした。これならひょっとしたらこの先この戦争を乗り切ることも不可能ではないかもしれん、そう思うことも出来た。この計画はこれまで潜水艦部隊に押し付けられてきた場当たり的な考えから生まれたものじゃない。一本筋の通ったものだ。だからもし今前線にいる連中がこの方針を知ったとしても、事情さえ分かれば決して反対はしないと思うよ」

これには山下も同意せざるを得なかった。

昭和十八年 十一月
マキン、タラワ失陥

昭和十八年十一月十九日、中部太平洋の日本委任統治領ギルバート諸島のマキン、タラワ両島で米軍の激しい空襲と砲爆撃が始まった。両島は日本軍の影響下にある海域の最東端に位置している。

二十一日には艦砲と艦載機による支援のもと上陸が始まり、陸上で激しい戦闘が起きた。同日、マーシャル諸島のルオットから出撃した海軍航空隊とギルバート沖の米機動部隊の間でギルバート諸島沖航空戦が展開され日本軍は軽空母一隻を大破させた。

二十三日、マキン、タラワ両島の守備隊は玉砕した。

守備隊玉砕後も日本軍は航空機や潜水艦を派遣して米軍への攻撃を継続、伊十九など潜水艦六隻と引き換えに護衛空母一隻の撃沈に成功したが、守備隊との通信途絶とともに支援艦隊の派遣は中止され、両島の失陥が決定した。

昭和十九年 二月
訓練、整備体制構築

呂二百型潜水艦の建造は昭和十八年十月から十九年五月まで月平均二、三艦のペースで行われ、七か月間で全二十艦の工事を完了する工程表がひかれている。各艦の完熟試験と乗員の訓練については竣工後の約一か月間があてられることになっていた。

全二十艦の乗員配備計画も既に決定している。戦地帰投艦など流用の十一隻については旧乗員をそのまま改造艦に戻し、旧マル急計画で建造中だった六隻についても旧計画で養成中だった人員がそのまま配備されることとなっている。追加建造艦三隻の乗員百名あまりについては水上艦を含めた海軍内のさまざまな部署から必要な人員がかき集められた。

酸素機関整備員の大量養成も同時に進められている。

呂二百搭載酸素機関二十四基の定期的な整備はすべて陸上部隊または潜水母艦の整備兵が実施し、乗員による調整は緊急時を除き原則行わないこととされた。純粋酸素は危険物であり、酸素気蓄タンクから機関に至る経路すべてで油分を完全に取り除かないと簡単に大爆発をひき起こす。わずかな油分の残留が潜水艦にとって致命的な事故となるため、人員養成には特別な教育が行われた。酸素魚雷整備の経験をもつ古参の整備兵も多数の艦船から引き抜かれて配属された。

工程進捗に伴う訓練艦の増加に対応するため、必要な環境整備も順次進められてきた。

艦それ自体が巨大な酸素タンクとも言える呂二百に迅速に大量の酸素を供給するため、呉工廠の岸壁近くには多数の酸素分離機と巨大な酸素タンクを設置した酸素供給施設が建設された。また、川崎造船所で建造中だった油槽船一隻を改造し同様の設備を設置した酸素供給専用船も既に運用が開始されている。

昭和十九年 二月
トラック空襲

マキン・タラワが十一月に失陥した後、しばらくすると海軍最大の根拠地であるトラック環礁にも米軍偵察機が連日飛来するようになっていた。憂慮すべき情勢に古賀長官は翌昭和十九年二月十日、司令部をトラックからパラオに移動し、戦艦、空母以下主力部隊をパラオや内地に退避させた。その一週間後の二月十七日早朝、米空母機動部隊の九波に及ぶ大空襲が始まった。

第一波の戦闘機を主力とする制空部隊が日本軍基地航空隊の迎撃機と戦闘を開始したのに続いて第二波の急降下爆撃機部隊は航空基地への爆撃を開始した。基地航空隊はこの日のうちにほぼ全滅し、百機をはるかに超える多数の機体が地上で破壊された。

制空権を完全に奪った米軍は艦船に対する空襲を開始し、環礁の内外で多数の艦船が撃沈された。脱出を図った艦船も追撃する米軍艦載機や水上艦の攻撃を受け、多数が撃沈された。

日本軍損害

艦船

巡洋艦 三

駆逐艦 四

輸送船　五
小型艇　三
商船　三十二
航空機
戦闘機、爆撃機他　二百七十
その他
トラック島全施設の壊滅

日本軍は十七日夜、春島に残存する九七式艦攻四機を米艦隊攻撃のため出撃させ、マリアナ諸島のテニアンからも七五三空の陸攻二機と七五五空の陸攻三機を出撃させた。この内の陸攻一機が米空母に魚雷一本を命中、大破させたが、これがこの作戦における米軍最大の損害である。

昭和十九年　三月
仁型哨戒艇　展開開始

トラックを退避した連合艦隊旗艦、武蔵は現在、フィリピン、パラオ泊地にいる。

「本日、仁型哨戒艇第一陣の十艇が駆逐艦浦波に曳航されてマリアナに向け出発しました。現地到着予定は三月十五日、展開完了予定は二日後の十七日とのことです」

武蔵艦上で小池は副官の塩崎中尉から報告を受けた。

昨年十二月に最初の仁型哨戒艇十艇による四国沖太平洋での訓練が始まって以降、完成艇は十隻ごとに同海域周辺に配置されて艇と乗員の練成が進められてきた。今回マリアナに向け出発したのはこれらがようやく完了した最初の部隊である。

「ですが小池さん。何故フィリピン方面ではなくマリアナなのですか？　次はパラオと見ているものも多いようですが？」

塩崎が尋ねた。

堅苦しいことの嫌いな上司の意向もあり、普段塩崎は小池を参謀や中佐といった肩書では呼ばない。彼は小池同様第六艦隊で潜水艦の乗務経験を重ねた後、小池が第六艦隊参謀だった頃から補佐してきた。呂二百計画についても初期の構想の段階から情報収集、資料作成、時には関係者との折衝までさまざまな部分で深く関与し、その内容について熟知している。

「米軍が次にどこにやってくるかなんて確実なことは誰にも分からん。マリアナという者もいればフィリピンだという者もいる。どちらにもそれなりにもっともらしい理由があるにせよ『予想』をしているにすぎない。俺にも分からん」

小池はそう言って首を横に振った。

「大事なのはどちらも日米双方にとって非常に重要な場所だということだ。もしどちらかがラバウルのように要塞化されていれば米軍がやり過ごしていく可能性もあるが、残念ながらマリアナもフィリピンもそんな準備は出来ていない。だから後先は別にして最終的に米軍は両方にやってくるだろう。マリアナは後回しかもしれん。だがそうなったら我々はその時に叩けばいい」

背もたれに背中を預け小池はじっと天井を見上げた。

「哨戒艇の配備先にマリアナを選んだ理由はいくつかある」

そう言いながら、小池は今度は正面の壁に貼られた地図にその視線を移した。

「一つはもしマリアナが失陥しアメリカが開発中の超大型爆撃機が配備された場合、日本本土に空襲を受けるのがほぼ確実なこと。工業地帯を破壊されるだけでなく民間人にも多数の死者が出る。これは断じて許容出来ん」

小池は断固とした口調で言った。

「二つ目はマリアナの方がフィリピンより若干でも内地から近いことだ。呂一百部隊は足が遅い」

小池は続けた。

「三つめは周辺に島が少ないマリアナなら相手の動きが読みやすいということだ。陸上基地からの援護が出来ない米軍は必ず上陸部隊と機動部隊の組合せで長駆マリアナに来寇する。このうち上陸部隊は当然、目標地点のサイパン、テニアン、グァムに釘づけになる。分からないのは機動部隊の位置だけだ」

塩崎は小池の話を黙って聞いていた。小池の話には無駄がない。少なくとも塩崎と話をする時の小池には軍人にありがちなつまらない面子に基く威嚇やはったりがない。何が本当なのか自分でも知りたいのだ。塩崎の問いに答えながら自身の判断が本当に正しかったのか再確認しているのだ。

小池は地図を見つめ、ひとつひとつかみ砕くようにして話した。

「そして、機動部隊の位置は彼らの任務により制約を受ける。任務とは」

小池は立ち上がって黒板に何事か書き始めた。

・上陸部隊の支援と防御

・日本機動部隊に対する警戒と迎撃

「この二つだ。これらの任務により日本機動部隊がフィリピン方面から出撃した時点で米機動部隊の位置に制約が生まれる。つまり」

小池はそう言いながら、黒板に続きを書き込んでいく。

・上陸地点から艦載機の行動半径を超えて離れられない。
・日本機動部隊の接近を早期に知るためマリアナ西方洋上に展開する必要がある。
・島から視認される距離はもちろん、レーダーの感知範囲からも出ている必要がある。

「この三つだ。これだけ分かれば米機動部隊が展開する可能性のある範囲は限定される。哨戒網の配置もおのずと決まる」

「マリアナ東方洋上に展開する可能性はありませんか？」

「米軍がマリアナ占領を目的とするなら、米機動部隊は面子にかけても上陸部隊が日本機動部隊の攻撃を受けることを防ごうとするはずだ。そして日本機の航続距離は米軍機より長い。マリアナ東側で日本機動部隊を待ち受けることはまずあり得ない」

小池の答えは明快だった。

「南北はサイパン北端からグァム南端まで約三百キロ強、東西はサイパン西側百五十キロから五百キロの範囲が米機動部隊の行動域となる。そして哨戒網の範囲はこれを東西南北に五十～百キロ拡げた約四百五十キロ四方だ。米機動部隊がマリアナにやってくればその行動はいずれ我々に筒抜けになるだろう」

「それからが勝負というわけですね？」

小池は黙って頷いた。

「君も重々承知しているだろうが、呂二百部隊の弱点は高速での航行可能時間が短く決戦用に酸素を温存せねばならないことだ。警戒厳重な敵艦隊に接近、包囲する段階では当初は水上航行、最後はモーターでの低速移動が基本になる。作戦では巡航十四ないし十六ノット程度で移動する敵艦隊をこの低速の呂二百部隊全艦がそれぞれ適切な位置に遷移しつつ包囲し、最終的にほぼ同時に攻撃を開始することが求められる。これは敵艦隊の正確な情報を常時把握していない限り絶対に不可能だ」

そう言うと小池は大きな伸びをした。

「我々がやらねばならないことはただ一つ。敵主力艦隊である機動部隊の周囲に呂二百部隊をいきなり出現させ何が起きているのか相手が理解すら出来ないうちに一気に殲滅する、これだけだ。格段に国力の劣る日本にはこれ以外に戦争を終わらせる道はない。そしてもし失敗すれば後はない。どうだい簡単だろう？　まるで桶狭間の合戦じゃないか？」

小池は塩崎の顔を見て笑った。

昭和十九年　三月
呂二百部隊　艦長会議

三月半ば、一連の訓練を終え出撃準備を整えた呂二百型潜水艦の数はようやく計画の半数を超える十二隻に達していた。

通常、潜水艦は訓練完了と同時に哨戒任務のため指定海域に向け単艦で出撃するが、米機動部隊との艦隊決戦を想定している呂二百部隊は出撃準備完了後もすべて柱島泊地に留まり出番を待っている。

待機中の呂二百部隊は伊予灘で訓練を継続した。

呂二百型潜水艦は四隻で一潜水隊を構成する。各潜水隊は週一回程度、呉練習戦隊巡洋艦の鹿島、磐手などを相手に様々な想定訓練を行った。練習戦隊の方も実在する潜水艦相手により実戦に近い訓練が出来るというので積極的にこれに協力した。

呂二百型潜水艦が想定する水中高速機動中の水上艦攻撃は旧来の潜水艦による魚雷攻撃とはまったく異なるため、訓練は試行錯誤の連続となった。

深刻になり始めている燃料不足は小型の呂二百型潜水艦にとってさほど大きな問題とはならなかったが、高速での訓練は酸素機関整備や酸素供給能力の限界から月一回程度にとどまっている。

このため、高速訓練を実施する艦には待機艦から複数名が派遣され情報を共有するといった工夫も為されていた。最近ではただでさえ狭い呂二百型の艦内が他艦からの派遣者ですし詰めという状態になってきているが、皆、士気は高い。

　未成艦についても、もともと厳しい工程に加え、資材納入の遅れ、訓練時の不具合反映作業など様々な困難に製造部門の苦闘が続いていたが、ようやく終わりが見通せるところまで来ていた。

「五月には計画全二十艦の建造が完了する予定です」

　吉岡技術中佐は三戸廠長に報告した。

　未成艦建造と部隊の訓練が慌ただしく続けられる三月下旬、小池はまた呉を訪れていた。

　いつものように呉工廠で呂二百型潜水艦の建造状況を確認した後、今回小池は呉鎮守府庁舎で開かれた艦長会議に出席した。

　会議には前小松長官の後任である第六艦隊の高木長官をはじめ、呂二百部隊の潜水隊司令五名と全艦長二十名が出席していた。未成艦については未だ名目上の艦長である。

「以上、概ね計画通り順調に進んでいることをご報告します」

　まず、第一潜水隊司令佐伯少佐が訓練の進捗状況説明を終えた。

「我々の出撃はいつ頃になりそうですか?」

　呂二〇七の正田艦長が質問した。

　正田は元々、南東方面艦隊第七部隊所属、呂一〇四の艦長である。

　ニューギニア方面で輸送と哨戒任務に就いていた呂一〇四は昨年六月、突然内地への帰還を命じられた。呉に戻ってきた正田艦長以下、呂一〇四の全乗員はいきなり下艦を命じられ陸上勤務に変えられた。そして半年後の十二月に正田は呂二〇七の艦長に任命されたのだが、この呂二〇七は先に下艦した呂一〇四であった。乗員も呂一〇四時のままとされたが、強力な機関を増設した艦は以前とは完全に別の艦となっていた。

「皆に出撃命令が出るのは米機動部隊がマリアナに現れた時点ということになるが、今はここ数か月から半年の間であろうということしか言えない。君達に少しでも状況を理解してもらうために、まずは日増しに悪化しつつある戦況を説明したい」

小池はこう言って話を始めた。

「知っての通り、半月前トラックが米機動部隊による空襲を受け、事実上連合艦隊根拠地としての機能を失った。既にトラック周辺の海域では日増しに増強される敵機動部隊の活動に対応が出来なくなりつつある」

「トラックは奇襲でやられたのではないのですか？」

艦長の一人から声が上がった。

「確かに現地部隊の警戒が不十分で対応もまずかったことから奇襲を受けたとの見方も一部にあるがそれは違う。実際に連合艦隊司令部は早くから危険を察知して戦艦、空母など主要な戦闘艦を内地やパラオに退避させている。遅かれ早かれトラック周辺海域が敵の勢力圏に入ることは避けられなかったと言っていい」

小池は続けた。

「中部太平洋、ニューギニア、各方面で日本軍は後退を続けている。新聞では転進などと書いているが実質的な敗退だ。原因はいくつもあるが主因は航空兵力の劣勢だ。圧倒的に巨大な工業力を背景にアメリカではいまやありとあらゆる兵器の戦時増産が進み、機動部隊を含む部隊の増強が続いている。衆寡敵せず連日雲霞のごとく現れる敵機に迎撃機が消耗し部隊は壊滅。制空権に続いて制海権を失い、やがて地上部隊が敗退し前線が後退する。同じことの繰返しだ。航空機も搭乗員もまったく足りない。最前線は今ではどこも防衛に手一杯でその場しのぎの対応に終始するばかりだ」

噂ではある程度耳に入ってはくるものの、連合艦隊司令部の参謀から直接話を聞くのとではやはり緊迫感が違う。皆、真剣な表情で聞き入っている。

「連合艦隊司令部では海軍の総力をもって米機動部隊を迎撃、撃滅することを目的とした『新Z号作戦』を計画している。小沢中将率いる第一機動艦隊が決戦想定正面であるフィリピン方面またはマリアナ諸島周辺海域で各地の基地航空隊と協同して米機動部隊を叩くという内容だ。しかし、これはここだけの話にして貰いたいのだが、私としてはこの作戦の効果について非常に懐疑的な見方をしている」

小池は出席者全員を見渡した。

「理由の一つは成功可能性の低さだ。ここ最近のあまりに損耗の激しい航空兵力の戦いぶりを考えれば敵機動部隊撃滅など掛け声倒れ、よほどうまくいってようやく五分五分、普通に考えれば一方的にやられる可能性が高い。誰が機動部隊の指揮をとろうがどういう作戦を立てようが結果はたいして変わらないだろう」

小池は続けた。

「もう一つの理由はたとえ一度や二度そこそこの戦いが出来たところで先の見通しがまったく立たないことだ。多大な犠牲を払って米機動部隊に少々の損害を与えたところで米軍は続々と新空母を就役させ、艦載機に至っては後方基地で待機している多数の予備機とパイロットを補充するだけだ。さらにニューギニア方面の米陸軍航空兵力は無傷で残る。損害穴埋めが出来ない日本がさらに差をつけられるのは間違いない」

小池の話は海軍の主力と見做されている空母機動部隊に若い艦長達が抱く幻想を打ち砕くものだった。

「もはや貴官らの手で米機動部隊の空母を全て一気に叩くしか手はない。これまで潜水艦部隊は日の当たらぬ存在だったが、今現在、呂二百部隊は日本が起死回生を期待し得る唯一無二の手段であると私は信じる。古賀長官も期待されている。すでにマリアナ西方沖に仁型哨戒艇の配備が始まっている。先程言ったように敵のマリアナ来寇がいつになるか明確な時期は私にも不明だが、ここ数か月の敵の進撃速度を考えればその日は決して遠くない。私が諸君らにお願いしたいのは、いつ出撃命令が出ても即時対応が可能なように常に態勢を整えておくことだ。是非よろしくお願いしたい」

小池はそう言って出席者に頭を下げた。

「いつ、パラオに戻るのかね?」

鎮守府庁舎を出たところで高木長官が小池に尋ねた。

「いや、どうもしばらくは戻れそうもないのです」

　小池は首を振った。

「昨日今日と、パラオから『中部太平洋で作戦行動中と思われる敵機動部隊を発見』との報告が続いています。昨日は輸送任務中の潜水艦、今日はトラック基地航空隊からそれぞれ通報があり、機動部隊は高速で西に向かっているとのことです。司令部では状況からパラオに向かっている公算大と考えているようです」

昭和十九年 三月
パラオ空襲

三月三十日早朝、米空母機動部隊艦載機によるパラオ空襲が始まった。

事前に攻撃を予期しマリアナ方面の第一航空艦隊などから増援を受けていた日本軍基地航空隊は前日夕刻には迎撃態勢を整え先制の薄暮攻撃隊を出撃させていたが、見るべき戦果はあげられなかった。

日中は三十機以上の戦闘機が迎撃戦闘を行ったが、数と性能の両面において劣勢な日本機は苦戦を強いられ夕刻にはほぼ全滅した。サイパン・グアムからも七十機の攻撃隊を発進させたが戦果はなく二十機以上が失われた。

脱出船団は前日繰り上げ出航した少数を除き、泊地内外で米軍艦載機の攻撃を受け、在泊していた多数の輸送船、支援艦船のほぼすべてが撃沈された。

翌三十一日も米機動部隊はパラオへの空襲を続け、一部は東北東四百キロに位置するヤップ島および同六百キロに位置するウルシー環礁に向けて攻撃隊を発進させた。どちらも残っていた艦船の多くが沈没ないし擱座し、ヤップ島では地上施設や市街地の大部分が焼失した。

この日、パラオ南側のペリリュー島にはマリアナ諸島から第一航空艦隊の戦闘機四十六機が応援に到着していたが、正午までの迎撃戦闘で全滅した。日本側航空隊は少数機による索敵攻撃で逆襲を試みたが戦果は無く、陸攻六機などが未帰還となった。

四月一日、帰路に着いた米機動部隊はパラオの東方約九百キロ付近に位置するウォレアイ環礁を全力で攻撃した。日本側の損害はレーダーや通信設備が破壊された他、備蓄燃料の多くを焼失した。

トラック空襲同様、日本軍は今回も水上戦闘艦こそ事前退避で多くが難を逃れたものの碇泊中の多数の支援艦船、輸送船の大部分が撃沈された。

日本軍被害

・主な水上戦闘艦	駆逐艦、哨戒艇	各一
・支援艦	工作艦、給油艦など	九
・徴用商船	支援艦・輸送船	二十一
・航空部隊	航空機	百四十七

空襲の結果、パラオの基地機能は支援艦や航空部隊の壊滅により失われた。一時ミンダナオ島のダバオに逃れていた遊撃部隊は結局、はるか西方のリンガ泊地まで後退することとなった。

昭和十九年 三月
古賀長官機遭難

三月三十一日夕刻、パラオ空襲の最中、連合艦隊司令部は米軍がパラオに上陸してくるものと誤認、二機の二式大艇でダバオへと移動を図った。

この二機は低気圧に遭遇し、古賀長官が乗っていた一番機が行方不明となった。また、二番機もセブ島沖に不時着、搭乗していた福留参謀長以下、連合艦隊司令部要員九人は泳いで上陸したが一時フィリピンゲリラの捕虜となり、三月八日に作成されたばかりの新Z号作戦計画書、司令部用信号書、暗号書といった数々の最重要軍事機密を奪われるという不祥事をひき起こした。

この事件で古賀長官の死亡が認定された結果、連合艦隊の指揮権は継承序列により司令長官代行となった高須四郎南西方面艦隊司令長官に委ねられた。

昭和十九年 四月
ハワイ太平洋艦隊司令部

ハワイの太平洋艦隊司令部では海軍首脳部会議が開かれていた。議題はマリアナ攻略作戦である。

合衆国艦隊司令長官兼海軍作戦部長
　アーネスト・キング大将
アメリカ太平洋艦隊司令長官兼太平洋戦域最高司令官
　チェスター・ニミッツ大将
第五艦隊（中部太平洋艦隊）司令長官
　レイモンド・スプルーアンス大将
高速空母任務部隊（第五十八任務部隊）司令官
　マーク・ミッチャー中将
統合遠征軍司令官
　リッチモンド・ターナー中将
上陸軍総司令官

ホランド・スミス中将

会議ではマリアナ攻略作戦の議論に先立ち、トラック、パラオ空襲の結果総括が行われた。

「まずは資料をご覧ください。既に概ねご存知かとは思いますが、トラックおよびパラオ空襲における彼我の損害比較です」

スプルーアンスはニミッツとキングに説明を始めた。

わずか二年前には米海軍に数多いる少将の一人に過ぎなかったスプルーアンスはミッドウェー海戦勝利の功績により前年中将に、そして今年は大将へと昇進し、今では太平洋の全艦隊を統べる司令官となっている。だが、とんとん拍子の出世でこの二月に大将に昇進したばかりのスプルーアンスとキング、ニミッツの二人では階級こそ同じ大将とはいえ格が違う。ニミッツはスプルーアンスの上官でありキングはさらにその上官である。

米日損害比較
トラック空襲（ヘイルストーン作戦）
・米軍機動部隊
空母大破一
航空機二十五機（作戦参加全航空機約六百機中）
・日本軍トラック基地

巡洋艦三、駆逐艦四を含む船舶四十隻以上、小型艇数隻
航空機二百五十機以上
基地内ほぼ全施設
パラオ空襲（ディセクレイト・ワン作戦）
・米軍機動部隊
潜水艦喪失一、損傷一
航空機二十五機（作戦参加全航空機約七百機中）
・日本軍パラオ基地
駆逐艦一を含む船舶二十隻以上、小型艇十五隻以上
航空機百三十機以上
基地内ほぼ全施設

「トラック、パラオどちらも事前に避難したと思われる水上戦闘艦を除くほぼ全ての目標の破壊に成功、計画通り両基地とも機能の大半を喪失したものと推定されます。また一方、味方の損害はこれほどの規模の戦闘であることを考えれば最小限に抑えられたと言っていいでしょう。作戦参加機比率四パーセントの被撃墜機搭乗員のうちの半数以上は潜水艦により救助されています。また、パラオでの潜水艦喪失一は魚雷の自爆事故、損傷一は友軍の誤爆によるもので、日本軍の攻撃によるものではありません。結果はどちらもほぼ一方的といっていい内容であり、警戒中の

敵主力基地への攻撃であることを考えれば理想的です」

スプルーアンスは両作戦の成功を強調した。

「勝利の要因は次頁に示す通りです」

彼はそう言って資料を繰った。

・航空機の数的優勢
・航空機の性能差
・パイロットの練度向上
・防空システム（レーダー網と航空管制による効果的な迎撃）の高度化
・対空火器の充実

「この傾向は今後さらに顕著になる見込みです。昨年十一月に就役した大型空母ホーネットとワスプ、軽空母サンジャシントとバターン、これら四隻の正規空母とその搭載機、約三百機が新規に戦力として加わります。また、新型対空火器、近接信管採用対空砲の割合も徐々に増えつつあります。我々の機動部隊が日々強力になる一方、日本軍は既に弱体化しています。今後は日本軍主力基地に対する攻撃でさえ、たとえ奇襲でなくとも一方的な結果となるのは確実です。次のマリアナにおいてもこの傾向が大きく変わることはないでしょう」

元々、アメリカは対日反攻ルートとして南西太平洋二方面での進攻を企図していたが、昨年末に三つ目の中部太平洋ルートとしてマリアナ進攻が検討に加えられた。

米軍反攻ルート

一、ソロモン諸島、ニューギニア島、ミンダナオ方面（連合国南西太平洋軍：陸軍ダグラス・マッカーサー大将）

二、パラオ、ルソン方面（連合国太平洋軍：海軍チェスター・ニミッツ大将）

三、マリアナ方面（同右）

これはマリアナを押さえればカロリン諸島、パラオ、フィリピン、ニューギニアへの日本軍の補給を絶てるとのキング海軍作戦部長の主張によるものである。また、マリアナ諸島を陸軍航空軍による日本本土への爆撃拠点として活用することも作戦実現の際の利点として付け加えられ立案された。実現すれば新型巨大爆撃機、超々空の要塞B二十九がついに日の目を見ることになる。

ニミッツの連合国太平洋軍は既に航空機からの空撮、潜水艦による沖合からの海岸撮影など偵察を繰り返し、さらには日本側の暗号電報やセブ島のフィリピンゲリラから入手した機密書類などからも情報を総合的に分析していた。

「この資料を見る限り、何の心配も要らないように思えるが」

ニミッツの言葉にキング作戦部長も同意するように頷いた。

マリアナ諸島攻略作戦、フォーリジャー『掠奪者』作戦が決定された。

昭和十九年 五月
第一機動艦隊 タウィタウィ泊地進出

昭和一九年五月三日、大本営は『あ号作戦』を発令した。
『あ号作戦』は想定決戦場であるフィリピン、パラオ近海に敵を誘い込み、空母機動部隊である小沢治三郎中将麾下の第一機動艦隊と各地の基地航空隊が連携しこれを撃破するという作戦である。

想定決戦海面にはマリアナ方面も含まれてはいたが、敵がマリアナ方面に来寇した場合の処置については第一機動艦隊が呂二百部隊と協同でこれを壊滅する、とのみ決められただけで、現実にはまだほとんど検討されていなかった。これはフィリピンの線が濃いという敵情判断と油不足問題で第一機動艦隊泊地から遠いマリアナでの作戦行動が困難と考えられていたのがその理由である。

パラオ空襲以降、連合艦隊主要艦艇は南西に遠く離れたシンガポール近くのリンガ泊地に退避していたが、第一機動艦隊は五月十六日、『あ号作戦』予定戦場により近いボルネオ島北端東側のタウィタウィ泊地まで戻ってきた。

五月二十日、木更津沖の旗艦大淀の豊田連合艦隊司令長官は『あ号作戦』開始を発令、同日、小沢治三郎中将は旗艦「大鳳」で決意表明の訓辞を行った。

昭和十九年 五月
呉 第六艦隊司令部

古賀長官の殉職に伴い連合艦隊司令部水雷参謀の職を解かれた小池は直後の四月初めに前職の第六艦隊参謀に復帰、呉に常駐し第六艦隊旗艦となっている特設潜水母艦「筑紫丸」で仕事を始めていた。

復帰直後、小池は呂二百計画の仕事から外れることを懸念していたが、第六艦隊においても引き続き呂二百部隊の整備と指揮を一任されることとなった。今後は専任で計画に注力出来ることも決まった。

復帰から約一か月が経った五月初旬のある日、高木長官が小池のもとにやってきて慌ただしくこう切り出した。

「古賀長官機遭難事件で二番機がセブ島沖に不時着した際、福留参謀長以下司令部要員が現地フィリピンゲリラに一時拘束され、新Z号作戦計画書を含む最重要機密書類をすべて奪われたらしいとの情報が入った。しかもそのゲリラというのはアメリカが軍事的に支援している組織で、こともあろうに書類は米軍に渡った可能性が高いというのだ」

高木は深刻な表情でそう言った。顔に憂慮の色が滲み出ている。

「そもそもこんな馬鹿げたことがあってはならんのだが。それをまたひと月もたってから連絡をよこしてくるとは……」

当時小池は呉に出張していたためこの事件に巻き込まれずにすんだが、もしパラオにいれば司令部要員の一人として二番機に搭乗していたはずであった。

「君はこのことについて何か知っているか？」

高木は珍しく強い口調で小池に聞いた。

機密書類流出の話は小池にとっても初耳だったが、彼はすぐ質問の意味を理解した。長官が危惧しているのは呂二百部隊の配備計画が機密書類の中に含まれていたのではないかということだ。もし米軍に漏れていたらそれこそ一大事である。連合艦隊司令部の失策で苦心惨憺して進めてきた呂二百計画が水泡に帰すなど、長官にとっては考えたくもないことだろう。

「ご安心ください、長官。呂二百計画のことでしたら新Z号作戦計画書には含まれておりません」

高木の緊張はわずかに緩んだ。

昨年六月に第六艦隊に赴任してきた高木とその頃既に連合艦隊司令部附きとなっていた小池はすれ違いでこれまで直接的なやり取りはほとんどなかったが、呂二百計画推進作業を通じて高木は小池のことを全面的に信頼するようになっていた。

この男がここまで言い切るなら間違いないはずだ。だが、追及の手はまだ緩められない。

「本当かね？　何故そこまではっきり言えるのかね？」

「古賀前司令部の『新Z号作戦』も、その内容をほぼそのまま踏襲して先日発令された豊田新司令部の『あ号作戦』も決戦海域としてはフィリピン方面を想定したもので機動部隊同士の決戦を前提としています。マリアナ方面での戦闘を想定する呂二百部隊はそのどちらにおいてもさほど重要視されてはおりません」

高木は黙ってうなずいた。

小池の奔走と古賀長官の後押しにより、ようやく呂二百部隊と仁型哨戒艇の配備にこぎつけたが、今になってもたかが潜水艦部隊と軽んじるものは多い。特に問題なのは上層部にも似たような考えを持つものが多いことだ。これは機密漏洩を懸念した古賀前司令部が当初から呂二百型潜水艦の性能を隠していたことと組織内の力関係の問題から表向きそれまでと同じ機動部隊主力の決戦重視を標榜し続けてきたことなどによる。困ったことに古賀長官がいなくなった今では潜水艦部隊が主体の決戦を新司令部は認めようとしない。

「水上艦部隊には第一機動艦隊根拠地に近いフィリピン方面で決戦を行いたい思惑があります。これは多分にご都合主義的な理由で主に深刻な燃料不足のためですが、現実にフィリピンに近いニューギニア北西部で戦闘が続いていることを考えるとあながち的外れとも言えません。ですから呂二百部隊が関わるマリアナ近海での作戦計画はずっと後回しにされ、『あ号作戦』に形式的にでも付け加えられたのはつい最近になってからです。パラオが空襲を受けた三月末時点では影も形もありません」

「だが、たとえ作戦計画には含まれていなくとも手持ちの資料として参謀長が持っていた可能性もあるのではないか？」

高木はなお食い下がった。

小池はその問いを否定するように顔の前で手を横に振った。

「そんな資料があるとすれば、作るのも渡すのも水雷参謀だった私以外にいませんが、私は呂二百計画について参謀長に資料を渡したことはありません。古賀長官にはそろそろ資料作成を進めておくように指示を受けていましたが、参謀長は潜水艦が主力の作戦など考えたくもないという態度のように私には見えました。そのせいかどうか知りませんが、幸か不幸か参謀長には呂二百計画について聞かれたことも話したこともありません」

ここまで聞いて高木はほっと安堵の溜息をついた。

「よく分かった。それを聞いて安心した。ならばこの話はこれで終わりだ」

「古賀長官が亡くなられたのはかえすがえすも残念です」

小池は別の話を始めた。

「古賀長官の決断と後押しがなければ呂二百計画をここまで迅速に進めることは出来ませんでした。計画の決定に際しては強硬な反対論がありましたが、長官はこの計画の意図と本質を理解して自らの責任で承認してくれました」

反対論側の言い分はこうだ。高速潜水艦などというそんな海のものとも山のものともつかないものの完成を前提に作戦を立てて、結局中途半端なものしか出来ずにもしこの戦争に敗けたら一体誰が責任を取るのだ、というものだ。

それに対して小池は勝算が十分あることを一つ一つ具体的な根拠を提示して説明し粘り強く説得を繰り返したが、福留参謀長を始めとする反対論者は最初から結論ありきの姿勢で一貫して責任論に終始し、頑として持論を曲げようとはしなかった。

小池はこの時、『それでは今のまま何もせずにズルズルと後退し、やがて日本が戦争に敗けたらあなたは責任をとるのですか？』と聞いてみたい衝動にかられた。だが彼らの答えは概ね分かっていた。

『戦争を始めたのは自分ではない。戦艦や航空機の開発、生産を推進してきたのも自分ではない。その時々で様々な経緯を経て、正当な権限を持つしかるべき人間がしかるべき手順を踏んで推し進めてきたものである。その正当な戦略と戦術に沿った戦闘を確実に滞りなく継続してきた自分が何故責任を問われねばならんのか？』

彼らには無定見にただ同じことを繰り返すことが悪であるという認識が完全に欠如しているのである。ここまで思考回路の異なる人間にはいくら口を酸っぱくして説明したところで無駄に反感を買うだけで百害あって一利なしであった。

「古賀長官には少なくとも事実を真摯に公平に見ようとする謙虚な姿勢と能力があった。自分で解決出来ないにせよ、出来ないことに悩むごく当たり前の感覚があった。だからこそ呂二百計画を受け入れることが出来たのかもしれません。計画の影響で稼働潜水艦が減り苦情が殺到した際には古賀長官の一存ですべて撥ねつけてくれました」

小池は遠くに目をやった。

「長官。海軍には大層な肩書のついたげすの様な連中がごまんといます。何故自分達に大きな権限が与えられているのかまったく気付かず、与えられた立場にふさわしい仕事をしようとする努力すらしない。挙句に何が起きようが決して自分のせいではないと考えているのです」

小池の辛辣な言葉に高木は驚いた。

「多くの無関心な人間が気付かぬうちに、まさかそんなに出鱈目なはずはない、大丈夫だろうと信じているうちにそれがまかり通ってしまう」

確かにそれは高木も日頃から憂慮している軍の現実であった。

「実はもう一つ重要な話がある」

小池が沈黙したのを機に高木は話を変えた。

「仁型哨戒艇の展開状況は今どうなっている？」

「既に八十艇が哨戒網内への配置を完了しています」

「呂二百部隊の方はどうかね？」

「呂二百部隊はそれより若干遅れていますが、これも計画の七割の十四隻が既に訓練を終え、いつでも出撃可能な状態になっています。出撃命令が出れば約五日でマリアナに全艦展開が可能です」

高木の問いに小池はよどみなく答えた。

「そうか。では概ね予定通り順調に進んでいるということだな。するとこれからは徐々に運用段階に移行するということになるが、実は君には現地で指揮を執ってもらいたいと考えている。現地と言っても、もちろん出来るだけ現場に近いサイパンでということだが。むろん私も一緒にいくつもりだ」

これには小池も驚いた。

「第六艦隊司令部がサイパンに進出するのですか？」

高木は頷いた。

今は連合艦隊も柱島沖の旗艦軽巡大淀から指揮を執り、第六艦隊も同様に呉に常駐するこの「筑紫丸」から指揮を執っている。サイパンはマリアナ防衛の拠点であるが、現代の戦争で司令官が前線近くにいることで得られる利点はほとんどない。にもかかわらず高木長官はあえて少しでも前線に近いところで指揮を執るというのだ。指揮官先頭にこだわる高木長官ならではの決断だろう。

「小池君の他、先任参謀堀之内大佐、航海参謀鈴木少佐、通信参謀竹内少佐他数名に来てもらうつもりだ。今後、この筑紫丸は仁科参謀長に任せることにする」

小池にもちろん異存はない。望むところである。

「上層部はマリアナはまだしばらく大丈夫とみているようだが、そんなものは希望的観測に過ぎん。あくまで可能性の問題だが、敵機動部隊が明日大挙マリアナに襲来したとしてもおかしくはない。現地への移動まで残り部隊の配備に全力を挙げてくれ」

「承知しました」

小池は答えた。

昭和十九年 六月三日
マリアナ西方 仁型哨戒艇部隊

仁型哨戒艇はマリアナ西方三百五十キロを中心とする海域に五十キロ間隔で碁盤の目に配置され、ちょうど百艇で五百キロ四方に及ぶ哨戒網を形成している。初期に配備された艇は既に三か月の哨戒任務についているが、多数の哨戒艇の活動を維持するため、常時二隻の輸送潜水艦が哨戒網を巡回して定期的な物資の補給と乗員の入替えを行っている。

「艇位置修正作業開始」

浮上した三十七号哨戒艇で艇長の高村少尉が指示を出した。艇番号は哨戒艇の位置を表し三は北から三列目、七は西から七列目を示す。三十七号艇の位置は哨戒網中央から北東寄りである。

マリアナ付近を流れる北赤道海流は北半球の熱帯海域を西に向かう。メキシコ沖からフィリピン西部まで流速〇・五〜一・〇ノットで北太平洋を横断し、表層で北に、下層で南に向かう弱い循環流を伴う。深くなるにつれ多少弱くなるが、流れにまかせて漂っていると一日で二十キロ以上西に流されてしまう。このため全哨戒艇は艇首を東に向け推進器で艇位置を保持するのと同時に、一日二回天測を行い定位置からのずれを修正している。

海上に頂部を突き出した仁型哨戒艇の姿は潜水艦の艦橋そのものである。もし発見されても潜水艦と見做され、超小型の哨戒艇が同じ海域に無数にいるとは思わないはずだ。乗員は六名、長期間の連続哨戒に最低限必要な人数が乗り組み、二人ずつの三直体制で二十四時間、周囲の監視を続けている。

二月に新任艇長を集め呉鎮守府庁舎で開かれた会議で、小池は仁型哨戒艇の任務について説明を行った。

「哨戒艇の任務は敵機動部隊の発見と情報収集、そして司令部への迅速かつ正確な報告だ。どの時点でも相手に無用な警戒を与えることは絶対に避けて貰いたい」

小池は同時に、仁型哨戒艇の超小型ゆえの被発見率の低さと安全性も強調した。

「本艇の安全潜航深度は百五十メートルを超える。可潜深度が大きくここまで小型だと難敵の米駆逐艦といえども本艇を見つけるのは難しいだろう。頭上に近づけば近づくほど反射面積も小さくなる。万一爆雷攻撃を受けても、よほど至近でなければ爆圧はそれるし艇全体が動くから損傷も受けにくい」

しばらく艇の上で天測作業をしていた副長の広田が発令所に戻ってきた。

「艇位置修正。方位八十五度、距離三百六十メートル」

広田は高村に状況を報告すると舵の向きを微妙に変え推進モーターの回転を調整した。これで位置修正作業は終了だ。次の天測時にはほぼ定位置に戻っているはずである。

配備当初は調整のさじ加減が難しく艇位置がなかなか安定せず苦労したが、二か月たった今ではもう手慣れたものである。焦って一気に修正しようとすると失敗する。わずかなズレは半日、一日をかけてゆっくり修正すればいい。時間はたっぷりあるのだ。最近では天候や波の状態から艇の位置変化もある程度予想が出来るようになってきている。

五百キロ四方の哨戒網内側は哨戒艇と補給潜水艦にとって安全水域である。各哨戒艇が得た哨戒網内の情報は第六艦隊内で常時更新され全艇で共有される。これまでに二度米軍の潜水艦が哨戒網内を通過していったことがあるが、その間哨戒網内の全艇がその位置を継続して把握していた。

今現在海域内には哨戒艇以外存在しないことが確認されている。外縁部の艇を除き全て第三警戒（平常）となっているため、三十七号艇の乗員も緊張を緩めていた。

「乗員達は皆、本艇のことをウキと呼んでいるらしいですね」

広田が高村に声を掛けた。

「うむ、釣りでもしたいところだな」

高村は呑気なことを言った。

艇内の換気と圧縮空気の補充は既に終わっている。

「よし潜航」

高村の指示後、わずか十数秒で三十七号艇は水中にその姿を没し見えなくなった。

昭和十九年 六月十一日
サイパン 空襲

「敵機発見！」

六月十一日午後、タポチョ山に置かれた電探が大編隊の接近を探知、サイパン日本軍基地は米軍艦載機による大規模な空襲を受け騒然となった。

パラオ方面への米軍来寇を予想していた日本軍はニューギニア北西部ビアク島への米軍上陸に応じ、マリアナ、西カロリン、パラオ、フィリピン南部の基地航空隊と第一航空艦隊の大部分を西部ニューギニア方面に進出させており、マリアナ方面は手薄になっていた。

サイパン、テニアン、グアムの基地航空隊は迎撃機を上げたものの、千機を超える強力なアメリカ軍艦載機の来襲を受け、アスリート飛行場をはじめとする基地施設は半日足らずで壊滅状態に陥った。

サイパンには海軍南方方面部隊の司令部が多数置かれ、高級指揮官が集中している。

中部太平洋方面艦隊
・司令長官：南雲忠一中将
・参謀長：矢野英雄少将

・第五根拠地隊（海軍サイパン陸上部隊）司令官：辻村武久少将
第三水雷戦隊（護衛駆逐艦部隊）司令官：中川浩少将
第六艦隊（潜水艦部隊）司令長官：高木武雄中将
第一連合通信隊（通信部隊）司令官：伊藤安之助少将
南東方面航空廠（航空機整備、修理、補給部隊）長：佐藤源蔵中将

夕刻、ガラパンの中部太平洋艦隊司令部にはサイパン在島のすべての海軍将官が集まり、空襲の意図をめぐって議論が続けられていた。

「敵の次の攻略目標はパラオではなく、ここマリアナだったということか？」

中川少将の発言が出席者全員の気持ちを代弁していた。

「それはまだ分からん。来ているのはすべて艦載機だから近海に大機動部隊がいるのは間違いない。だが上陸部隊がいるかどうかは不明だ。いないならパラオ攻撃のための単なる牽制とも考えられる。多数の索敵機を出す余裕がない現状では残念ながらそれを確実に知る方法はない」

矢野少将が状況を説明した。

マリアナ防空の任務は中部太平洋艦隊にあるのだが、航空部隊は既に壊滅し機能的な防空能力を失っている。

「第六艦隊の哨戒網から何らかの情報はきていないのか？」

南雲長官が高木長官に聞いた。

サイパン西方の哨戒艇部隊の情報は海軍内部でも高級将官の間でのみ共有されている。

「哨戒艇から敵艦隊発見の報告はきておりません。米軍機はやはり東から来ていると見るべきでしょう」

第六艦隊の高木長官は六月六日、呉の筑紫丸から少数の幕僚達と共にサイパン島に進出してきていた。わずか五日前のことである。

「いずれにしろ明日も空襲が続くのは間違いない。大部隊でやってきてわずか半日の空襲で終わるはずがない。今日の空襲は制空権確保が狙いだろう。航空基地を執拗に狙ってきたが、明日は陸上施設や艦艇が目標となるはずだ」

南雲長官がこう言うと、出席者たちは同意するように頷いた。

「艦艇群にはまだ大きな被害は出ていませんが、即刻、退避指示を出すべきです」

中川少将が進言した。

高木長官とともに会議に出席していた小池は第六艦隊司令部に戻るとすぐ言った。

「空襲だけで終わるとはとても思えません。ただちに呂二百部隊に出撃命令を出しましょう」

「だが、第一機動艦隊もまだ出てこないようだ。もう少し様子を見てからの方がよいのではないか？」

そう言う高木長官に小池は首を横に振った。

「足の遅い呂二百部隊は到着までに時間がかかります。事態が急展開した場合に間に合わなくなるのが心配です。一旦出遅れたら二度と取り返しがききません。もし空襲だけで米軍が引き返したら呂二百部隊も引き返せばいいのです」

　これを聞いて高木長官は呂二百部隊の出撃を決断した。

「君の言う通りだ。出撃命令を出そう。呉の仁科参謀長に伝えてくれ」

「承知しました」

「もう準備は完全に整っていると考えていいんだな？」

　高木長官は念を押した。

「問題ありません。現時点で出撃準備が完了している大半の艦は数時間後には出航出来ます。一部酸素補充が必要な艦がありますが、これらについても半日後には出航が可能です」

「分かった。後の必要な指示はすべて君にまかせる。よろしく頼む」

　部屋を出た小池はそのまま通信指令室へと向かった。

　その後、在島の輸送船は翌日予想される空襲を避けるため急遽輸送船団を編成、サイパンを脱出した。だが結局、船団は米軍艦載機に捕捉され数次にわたる攻撃を受けて大多数の船が犠牲となった。

昭和十九年　六月十一日
小池の独白

「空襲被害はどんな様子でしたか？」

第六艦隊司令部の自席に戻った小池に塩崎が聞いた。

「トラック、パラオの繰返しだ。迎撃部隊は壊滅。滑走路や基地施設も破壊された。制空権は既に敵のものだ。敵機は既に引き上げたが、明日は朝から艦船や他の地上施設への爆撃が始まるはずだ」

実のところ小池は空襲被害の報告に憤懣やるかたない気持ちで一杯だった。内心またかという気持ちだった。

「性能、物量いずれの面でも完全に太刀打ち出来なくなってきているのは誰が見ても明らかだ。基地航空隊が迎撃に向かっても圧倒的な数の敵機の波状攻撃を受けて全滅、やがて敵機は我が物顔で上空を飛び回る。あとはなすがままだ。しかも相手に痛手を与えているとも到底思えん。海軍首脳は同じ失敗を性懲りもなく繰り返すだけで現場部隊に成果のあがらない必死の戦いを強要し続ける」

窓から外の様子を観察していた小池は振り返って塩崎を見た。

「何故、海軍は同じ失敗を繰り返すのだと思う？」

「それは……他に打つ手がないからではないですか？」

どこか落ち着かない気持ちで塩崎は答えた。

「そう、確かに今となっては打つ手はない。だが準備さえしていれば打つ手はあったんだよ。もちろんこの戦争が始まってからでも」

「……」

「上層部の将官や参謀達に言わせれば無い袖は振れぬ、我々は精一杯やっている、誰がやっても今以上のことは出来ぬ、と言うのだろうがそんなのは言い訳にすぎない。彼我の戦力差に関する情報はかなり前から間違いなく上層部に詳細に上がってきている。今のような状況に陥るであろうことは、普通に分析し普通に考えればトラック空襲のはるか以前に誰にでも分かることだ。にもかかわらず何の手も打っていない。機動部隊が出て来ても結局同じことの繰返しだろう。空母から発進する点が違うだけであとは同じなのだから。上層部もあきらめが悪い。そうなる理由は機動部隊という虚像に幻想を抱き、期待している物の見えない連中が周辺に多くいること。自分たちの立場がそれに支えられていること。そしてそれしかやってこなかった連中には他の手段が見いだせないことだ。上がこれではいくら下士官や兵が必死に戦ってもどうにもならない」

小池は首を振った。

「彼らも馬鹿ではあるまい？」

小池のあけすけな言い方に塩崎は苦笑した。

「海軍兵学校は難関です。海軍首脳と呼ばれる程の将官や参謀はほぼ例外なく海軍兵学校を優秀な成績で卒業したハンモックナンバー上位組です。絶対に頭が悪いはずはありません」

「では何故同じ愚策を際限もなく繰り返すのか？」

「さあ、私には何とも……」

「一人の人間が一生で経験出来ることはわずかだ。高級軍人として長きを過ごしてきた彼らには高級軍人としての経験しかない。彼らに常に求められるのは『統率力』であって『問題解決力』ではない。どんなに大層な肩書を身に着けても『問題解決力』は身につかない」

「しかしそういった人間は皆、過去に艦長や参謀として様々な問題に対処してきた実績もあるはずですが？」

塩崎は指摘した。

「実績と言うのは何だ？　こういったことかな？」

小池はそう言うと、何やら指折り数え始めた。
・与えられた権限で多くの人を右や左に動かして何事か進めているふりをする。
・与えられた権限で目新しい物を導入して何事か進めているふりをする。
・言葉巧みにもっともらしい報告書を作成する。
・言葉巧みにもっともらしい演説を繰り返す。
・不祥事発覚を隠蔽する。
・部下の功績を自分のものにする。
・失敗の責任を部下に押し付ける。

・アメとムチを使い分けて部下を締め上げる。
・大笑して大物ぶる。
・涙を流して温情家ぶる。
・激怒するふりをして熱情家ぶる。
　呆れたような塩崎の顔を見て小池は数えるのをやめた。

「考えれば考えるほど『問題解決』とは関係ないような気がするんだが？」

　小池は皮肉っぽく言った。

「彼らはしょせん皆職業軍人だ。戦争中の今でこそ建前上御国のためだが、そもそもこの職業を選んだのも、海軍兵学校に入るため必死で勉強したのも、大半が自身のより良い生活のためだ。普通の会社員と何ら変わらん。それに日露戦争以降約三十五年、日本は国運を賭けるような戦争を経験していない。対米英開戦から二年半になるが、多くの将官の長い軍隊生活の大部分を占めるのはそれよりはるかに長い平時の経験だ。一次大戦は参戦したなんて言えるものではないし日華事変は紛争の延長だ。ソ連相手のノモンハンも一時的な小競り合いに過ぎん。長い平時の間に絶対潰れる心配のない巨大組織の中で内向きで無難な選択をする習慣が身に染みついた彼らは、実は小手先の人心掌握術に過ぎない『統率力』には長けていても本当の意味での『問題解決力』なんてないんだよ」

　小池はため息をついた。

「問題解決に不可欠なのは『本当の事』をしっかりと見極めることだが、彼らにはまずそれが出来ない」

「ですが、多くの部下を持てば立場の異なる多くの人間をまとめ上げねばなりません。まず『本当の事』を知らねば誰もついて来ないでしょう?」

小池の言葉に塩崎は疑問を呈した。

「いや、平時には『本当の事』など知る必要はない。だいたい『本当の事』なんて一口に言ってもそう簡単に分かるものではない。『本当の事』というのは多数の事実の寄せ集めだ。価値あることであればあるほど構成要素は無限に多くなり互いの関連性も複雑かつ多面的になり把握することは非常に難しくなる。『本当の事』を知るというのはそういったこと全てをあるがままに知ることだがもちろん判然としないことだって多々ある。未来は誰にも分からんし相手が確かな情報を気前よくくれるわけでもない。偉くなれば忙しくなり、自身の立場や都合がより大事で『本当の事』などどっちでもよくなる。立場が下の人間に至っては十分な情報も与えられず、指示されたことを断片的、表面的につつき回してなんとなく分かったような気になったり、上に迎合して分かったふりをするだけだ。だから誰も『本当の事』なんて知らない。人をまとめるのに『本当の事』なんて関係ないんだよ」

「ではどうやって大勢の意見をまとめるのですか?」

「誤魔化すんだよ」

小池は事もなげに言った。

「は?」

塩崎の唖然とした顔を横目で見ながら小池は言った。

「程度の差はあるにしても、人間は皆、自分の手に負えないことを誤魔化しながら生きているんだ。他人に対してだけじゃなく自分に対してもね。軍でも同じだ。どんな組織でもそうだがまずは日々無事に運営していくのが最重要だ。とにかく維持することが出来ねば何も始まらん。そして次に何もしないと批判を浴びるからとりあえずもっともらしく見えることをやり続ける。基本は同じようなことを繰り返しているだけなんだから適当にお茶を濁していればいいんだ。断片的で自分や自分の属する組織に都合のよい事実だけに焦点をあてて主張しておくのが一番簡単で周囲の受けもいい。そして相手次第で顔色を見ながらうまく調整してやり過ごすんだよ。軍で大事なのははったりと威嚇だ。軍の上意下達方式は徹底的なんだから上が強く言えば大抵部下は迎合する。何か起きてもよほど大きな問題にならない限りそのうち皆忘れてしまう。平時はもちろん戦時においても順調にいっている時は『本当の事』など知らなくても何の支障もない。大抵の社会でほとんどの場合、『本当の事』など知っているふりさえしていればそれで済むものだ。そして、後で『本当の事』が誰の目にも明らかになった頃、如何にも前から知っていたようなふりをして辻褄を合わせればいいいんだ」

「……」

どこか間違っているような気がしたが、塩崎にはうまく反論出来なかった。

「本当の『問題解決』に必要なのは『探求心』と『創造』だ。問題が難しくなるほど、広くそして深く突き詰めて考え続けることが必要で時間もかかる。だがそんな先の見えないまどろっこしいことをしていては今度は『統率』が出来ない。一年、二年先に出来るかもしれないことを今考えています、と言ったたって納得する人間がいるわけはない。皆、目先のことしか見てないんだからね。じゃあどうするか？ 問題自体なかったことにしてしまうか、強引にこれで出来ると言い切るか、二つに一つだ。もちろんなかったことにしてしまうのが一番簡単だ。見ないふり、知らないふりを決め込んでもいいし、先送りして人になすりつけてもいいし、口先や報告書の書き方次第で矮小化することだって、より与しやすい他の問題にすり替えることだって、権限さえあれば何だって可能だ。情報を持たないその他大勢の人間が気付く心配はないし、たとえ誰かがおかしいと思っても上の人間が言っているんだからやむを得ん、まあいいかで終わってしまうんだからね」

「それじゃ売国奴じゃないですか」

塩崎は信じられないという顔をした。

「一方、どうしても自分で対応せざるを得なくなってしまった場合はどうするか？ まず、よほどうまくいく可能性が高いと考えられる場合を除いて問題を決して自分一人で抱え込んではいかん。後で言い訳出来なくなるからね。次に部下に指示したり別の部隊に頼むときは極力都合の悪い情報は隠してとにかく引き受けさせる。もちろん作業を進めていけば皆問題があることに気付くからいろいろ言ってくるんだが、この段階でうまくこの情報を拡散するのが重要なんだ。自分一人で『出来ない』と言ったらやる気がないと見られかねないものも『皆がこう言っている』と言えばやむを得ないとなるんだ。たまに『出来ないなんて答えはないんだ！』とか言って怒ったふりをするのも責任転嫁には有効だ。これを繰り返していれば徐々にうまくいかない事情が浸透していってやがて雰囲気も変わる。やはり元々無理があったのかとなる。そのうち誰が出来ると言ったかなんて問題でもなくなる。なんだかんだ言うやつがいても周囲は皆、難しいことを薄々知っていて押し付けたという負い目もあるからあまり強いことは言わない。これで『総無責任体制』の出来上がりだ」

「問題を見事解決して終えるというわけにはいかないのですか？」

あんまりだなと思いながら、塩崎は一縷の望みを込めて聞いてみた。

「もちろんそういう場合だってたまにはある」

小池は当然じゃないかという口調で言った。

「瓢箪から駒というやつだな」

「……」

「まあ、『統率力』なんて言えば聞こえはいいが、裏を返せば単なる保身術でしかない。もっと身も蓋もないことを言えば『統率』なんていうのは『詐欺』と紙一重だ。先のことなど分かるはずもないのに、こうだ、絶対に間違いないと主張して自信満々の態度で大勢の人を動かそうというんだからね。そして毎度変わり映えのしない結末をありとあらゆる方法で捻じ曲げて如何にも何事か成し遂げたみたいに主張するというわけだ」

前々からこの上官にはかなり変わったところがあると見ていた塩崎はあらためてその思いを強くした。

「しかし別に彼らを弁護するわけじゃないが、この問題はそんなに単純なものでもないんだよ。少なくとも意図的な裏切りでなければ『売国奴』とは言えないから、そもそも最初から問題に全然気付いていなけりゃ『売国奴』とは呼べないだろう。単に愚かなだけだ。それにたとえ意図的にやっていると仮定してもだ。君だって知っているだろうが常に作業量に見合う人員がいて十分な予算と時間があるわけではない。というより圧倒的に足りないのが普通だ。全てに対応することなど実際問題不可能だ。だから多少誤魔化しても端折っても問題が起きなければそれはそれで臨機応変の対応だったのだと見做すしかない。しかも平時は大抵の場合それで丸く収まるんだよ。国内最強の軍は何があろうがすべて内部で処理出来るからね。それにいちいち深く考え悩み迷っていたら人はついてこない。人を束ねる、人の上に立つ立場になればたとえ良く知らなくとも、分かっていなくとも自信満々の態度で明確な指示を出すことも時には必要だろう。旗幟鮮明でなければならないこともある。また大事の時に迷っていたら機を逸してしまうのも事実ではある。希望的観測で動かねばならないこともある。いろんな状況があって全てを一概に否定することも出来ない」

「そんなものなんでしょうか？」

塩崎は納得しかねる様子で言った。

彼は何だか情けない気持ちになってきた。

「そうだよ。君だって同じような状況に置かれれば同じことをせざるを得ないと思うよ。たとえ必死で『本当の事』を『探求』したところで答えが出る保証もなく、はたから見ればさぼってるようにしか見えないんだからね。普通は誰だって同じことをする。ある程度はやむを得ん」

小池はこう言いながら手近の椅子を引っ張ってくると前後ろにして腰をかけた。そして背もたれに両肘をつき両手に顎をのせた。

「だが、問題なのはそういった状態が長く続くと猿真似をする連中が出てくるということだ。体裁さえ整っていれば何をやっても、あるいは何もやらなくても周囲の人間を誤魔化し続けることさえ出来れば自分が役目を果たしているのだと勘違いする人間がやたらと増える。特に兵学校を良い成績で出ればもうエリートだという世代が出てきてますますおかしくなってきた。人が入れ替わるにつれ徐々に組織が変化しバランスが崩れて以前の非常識が常識に変わった。高級軍人も官僚も皆、前例第一事なかれ主義で口先ばかりうまくなって責任もとらない。真面目にやれば馬鹿を見る。彼らは軍機なども口実にして徹底的に内向きで閉鎖的な組織を作り上げてきたんだ。もちろん彼らの優秀さは認めざるを得ない。頭の良さという点では彼らの記憶力、理解力、判断力どれをとってもなかなかどうしてたいしたものだ。さすがに厳しい競争をくぐり抜けてきただけのことはある。複雑なことがすぐに理解出来ない人間が決定権を持つ上部の集団にいては困るから、ある程度選別するというのは合理性がある。意志の疎通や情報の共有にも差支えるからね。そして他人の気持ちを推量るだけの力がなければ大勢の人の上に立つことも出来ん。だが、残念なことにそんなものは肝心な時に何の役にも立たん。それどころかあちこちに目を配り、事を荒立てず、口先で言いくるめ、丸くおさめる見事な才能が『問題解決』とは見事に逆の方向に作用するんだ。そんな連中はどんなに大層な肩書がつこうが、強いこだわりを持つ人間の厳密な目から見れば単なる『嘘つき小僧』でしかない。妥協など絶対に許してくれない真の敵にそんないい加減なものでどうやって対抗する？　戦争を始めたお偉いさん方の中に国力十倍のアメリカに勝たねばならないという大問題にもっともだと言える解決策を提示した人間は唯の一人もいないだろ」

小池は続けた。

「同じようなことを漫然と繰り返してきた人間に本当の意味での『創造』など出来ない。彼らはより大きな艦やより速い戦闘機を数多く造ることで十分何かやってるような気になっているんだろうが、そんな事は過去にやったことの繰り返しに過ぎない。あまりに単純過ぎる。そして同じことをただ繰り返すのは少しずつ後ろに下がっているのと同じことだ。しかもそれすら彼らは全部人に押し付けてやらせているだけだ。日本が大国であればそういったやり方でも何とかなるかもしれないが、事実はそうではない。常に新しいものを生み出し続けていかなければ日本は大国に勝てないんだ」

「では一体どうすればいいのですか？」

塩崎は聞いた。

「世の中には今言ったような高級軍人達とは別の種類の人間がいる。天邪鬼で人の言うことなど信用しない。自分のことすら信用しない。常に現状に疑問を投げかけ何が最善かを自分で考え続ける人間だ。人を動かすことなどに毛ほども興味がない。全て自分でやらねば気がすまない。しがらみや損得抜きに純粋に本当のことが知りたい。数は非常に少ないもののそういった人間は必ずいる。一見よく似た詐欺師はあちこちにいるんだがね。残念なことにこう言った人間は大概はたから見てとても要領がいいとは言えない。決して自分から目立つところに出てこようとしない。人の上に立ちたがらない。まあ、変人だな。軍にだって少しはいるだろうがこういった変人にとって軍はあまりに世俗的過ぎるところだ」

「科学者や技術者のことをおっしゃっているんでしょうか?」

「肩書に意味はない。人によるとしか言えない。大学や研究室だって軍よりましとはいえ一種の特殊な組織だ。研究者、専門家と呼ばれる人間だって偉くなる連中は皆、世俗的な常識人だ」

小池は首を横に振った。

「数少ない偏屈で執念深い変人どもがあらゆる可能性に目を向け、常に正しい方向が何かを必死に模索し続ければ突破口は必ず開ける。今となってはなかなか難しいがアメリカに一泡吹かせる方法だっていくつもあったはずだ」

なるほど、と塩崎は思った。

目の前にその変人がいた。

「アメリカは無敵の巨人ではない。太平洋という途方もない距離の壁とうつろいやすい世論という二つの大問題を常に抱えている。決して無条件にいつまでも戦い続けられるわけではないんだ。しかし一方、日本でも軍の徹底した秘密主義、縄張り意識、階級組織が問題解決の動きを阻害する。長い平時の間に、決まりきった自分達の序列とルールに従わないありとあらゆる動きを排除する機構が組織の中に見事に出来上がっているんだ。双方に問題があるなら国力十倍の側が勝つに決まっている。空技廠の上層部も航空参謀もたとえ思っていても航空機で太刀打ち出来なくなるなんて絶対に言わない。技術者達だってたとえ知ってはいても上の決めた方針に逆らってまで声をあげることはない。そして完全に手遅れになって外部からの力で崩壊するまで誰も彼らのやり方に一切手が出せない」

小池は椅子から立ち上がって言った。

「人間というのはいい加減な生き物だ。一部の変人を除けば別に日々『本当の事』を追及するために生きているわけではない。大半は自分に都合の良い居心地のいい世界を望んでいるだけなんだよ。自分が偉いと信じる人間は自分だけが『本当の事』を知っているのだと思い込み、他人を操ろうとする人間は如何にも『本当の事』を知っているふりをする。一方で自分の世界を守りたい人間は旗色がよさそうな方について徒党を組み、安心が得たい人間は権威やもっともらしい言葉に縋り安直にそれを信じ込む。そして文化や伝統といった耳ざわりの良い言葉なども利用しながら皆で自分達だけに都合のいい内向きで閉鎖的な世界を作っていくんだ。組織というものはそうやって時間が経てば必ず腐っていく。そういうものだ。俺は千年前から知ってる」

小池の子供じみた言い方に塩崎は思わず笑いかけたが、小池の顔は笑っていなかった。

「そして千年たっても変わらんよ。期待はしているんだが」

この人は一体どういう人なんだろうか、と塩崎はふと思った。

塩崎は見方によっては破天荒としか思えない呂二百計画を連合艦隊司令部があっさり承認したことを前々から不思議に思っていた。

小池の仕事の進め方は実に緻密で用意周到である。まるで重箱の隅をつつくようにあらゆるものを徹底的に調べ上げ、一つ一つ検証していくのである。塩崎には小池は軍人というより科学者や技術者に向いているのではないかと思えることがしばしばあった。だがその一方で小池はどういうわけか世俗的な実務にも長けていた。変わり者のようでいて、いざとなれば相手次第ではったりでも威嚇でも見事にやってのけるのである。彼は演技をしているのだ。

不思議な人だ。それが塩崎のこの上官に対する本音だった。

昭和十九年 六月十三日
サイパン 艦砲射撃

二日間続いた空襲後の十三日、戦艦七隻、巡洋艦十一隻を含む艦隊がマリアナ諸島に接近、艦砲射撃を開始した。サイパン島南西部のオレアイ、チャランカノア両海岸にも多数の艦船が海上に現れた。

既に制空権は連日続く空襲で完全に米軍のものになっている。多数の米軍機が上空を悠然と飛び回る中、やがて海岸と平行に一列に並んだ艦船群が砲撃を開始した。沖合の艦にピカッとまばゆい閃光が光り直後に雷鳴のような轟音が鳴り響く。海岸奥の台地に高く土煙が上がり始めた。

敵艦隊接近を受け、第三十一軍司令部に陸軍将官が集まった。

第三十一軍は形式上、マリアナ方面の防備を担当する海軍連合艦隊司令長官の指揮下にあり、南雲中将を長とする中部太平洋方面艦隊の指揮を受けることになっている。だが、実際には陸軍が海軍の戦闘指揮など受け入れるはずもなく、海軍側にしてもそんな能力はない。部隊の指揮は事実上、陸海軍それぞれの司令部により独自に行われることになっていた。

第三十一軍司令部
司令官：小畑英良中将（パラオへ作戦指導のため出張、不在）

参謀長：井桁敬治少将
・第四十三師団　師団長：斎藤義次中将
・独立混成第四十七旅団　旅団長：岡芳郎大佐
・第九派遣隊　旅団長：有馬純彦大佐
・戦車第九連隊　連隊長：五島正大佐
・高射砲第二十五連隊　連隊長：新穂寛徳中佐
・独立山砲第三連隊　連隊長：中島庸中佐
・独立工兵第七連隊　連隊長：小金澤福次郎大佐

「敵の意図がサイパン上陸、占領にあるのはもはや疑いようもない。小畑司令官不在のため、当面私が第三十一軍の指揮を執る」

参謀長の井桁少将がまずこう告げた。

サイパンに司令部をおく第三十一軍はトラック、マリアナ、小笠原、パラオ、マーシャルなどの中部太平洋方面の部隊を統率するが、司令官の小畑中将は敵のマリアナ侵攻が始まるとは夢にも思わずパラオへ作戦指導に出張していた。急報を受けて帰還を急いでいるが既に周辺は米軍制空権下となっており、簡単には戻って来られそうもない。

サイパンにおける第三十一軍麾下の主力部隊は斎藤義次中将率いる第四十三師団である。第四十三師団は先の四月に第三十一軍に編入され、絶対国防圏守備のため作戦名松輸送によってサイパン島へ派遣された。師団主力は五月十九日無事到着したが、その後の歩兵部隊を中心とした第二次輸送部隊は米軍潜水艦の攻撃を受けて大損害を受けた。

大きな問題は主力のサイパン到着が米軍上陸の僅か三週間前であり、準備のための時間的余裕がまったくなかったことである。これは小畑司令官不在の理由とも重なるが、陸海軍上層部が米軍のマリアナ来寇はパラオの後とみて、時期としては半年近く先の年末以降と予想していたためである。

昭和十九年　六月十四日
サイパン　第六艦隊司令部

艦砲射撃二日目の十四日、海上の艦艇群はその数を増し日本軍陣地に巨弾の雨を降らせた。地上に暴露していた陣地施設は日没までに殆ど破壊され、空爆を免れた一部の海岸砲が砲撃を続ける艦船に応射したものの威力は艦砲に遠く及ばず、一部艦船にわずかな損傷を与えたに過ぎなかった。

上陸予定海岸の日本軍陣地破壊を最優先にしている米軍は今のところガラパンには砲撃を加えてこない。だが、激しい艦砲射撃の音は南洋の青空に雷鳴の様に轟き、ガラパン近くの山中に置かれた海軍司令部にも激しい振動が伝わってくる。

「やはり上陸してくるのは間違いないな。全哨戒艇と呂二百部隊に状況をよく伝えておいてくれ」

高木長官が通信参謀の竹内少佐に指示した。

「第一機動艦隊はこの期に及んでまだ出て来ないのですか？　空襲と艦砲射撃だけで米軍が帰るとでも考えているんでしょうか？」

先任参謀堀之内大佐が疑問を呈した。

「第一機動艦隊がやって来なければ敵機動部隊も哨戒網には入って来ないでしょう」

サイパンへの大規模な空襲と艦砲射撃が繰り広げられる事態になっても大本営と連合艦隊の腰

は重かった。第一機動艦隊はいまだフィリピンのタウィタウィ泊地で待機している。

「大本営も連合艦隊司令部も大艦隊を伴う迎撃が空振りに終わって大量の燃料を失うことを警戒しているのでしょう。もし米軍のサイパン攻撃が単なる牽制目的で第一機動艦隊の迎撃途上でサイパンから引き上げてしまったら次の行動にも支障をきたします。今の機動部隊にとってはここマリアナですらいささか遠い。油そのものだけではなくトラック、パラオの空襲で多数失った給油艦もまったく足りません」

小池は第一機動艦隊の事情を説明した。

「現連合艦隊司令部にとって『あ号作戦』はあくまで第一機動艦隊が主力の作戦です。潜水艦部隊が敵機動部隊に対抗出来るなどとは毛頭考えていない。だからこそ彼らは確実に機動部隊同士の決戦が生起する状況を見極めようとしているのでしょう」

「では米軍が上陸してきたら出てくる、ということか？」

「そういうことです」

「まあさすがにこれで明日には何らかの動きがあるだろう。我々も呂二百部隊が到着するまでは監視を続けることとしか出来ん。機動部隊にあまり早く来られても困る」

高木長官が補足した。

「内地からここサイパンまで約二千四百キロ。呂二百部隊は十一日夜に呉を出ていますから十七日中には哨戒網内に入ると思われます」

航海参謀鈴木少佐が現状を説明した。

「それまでは陸軍部隊になんとか頑張ってもらうしかあるまい」

高木長官が最後にそう締めくくった。

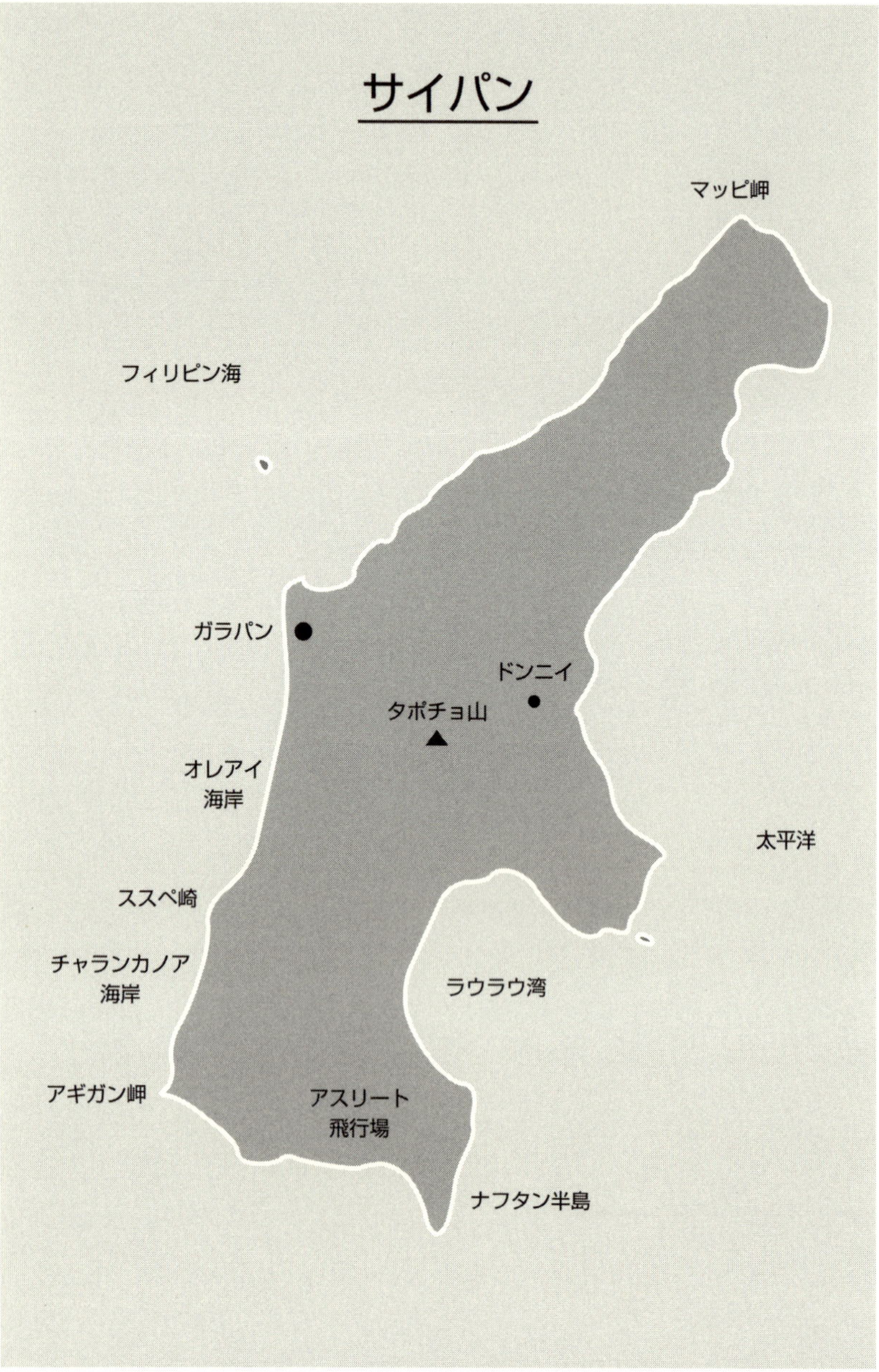
サイパン
マッピ岬
フィリピン海
ガラパン
ドンニイ
タポチョ山
オレアイ
海岸
太平洋
ススペ崎
チャランカノア
海岸
ラウラウ湾
アギガン岬
アスリート
飛行場
ナフタン半島

昭和十九年　六月十五日
サイパン　米軍上陸開始

十五日に日付が変わった夜間、揚陸指揮艦ロッキーマウントがサイパン西岸沖に到着した。統合遠征部隊旗艦ロッキーマウントには上陸部隊総指揮官である水陸両用部隊司令官リッチモンド・ターナー中将、そして、第五水陸両用軍団司令官ホランド・スミス海兵隊中将が乗り組んでいる。

「いよいよ始まるぞ。太平洋でも」

ターナー中将は真っ暗な海岸線を見つめて呟いた。

欧州戦線で連合軍による史上最大の上陸作戦が行われたのはわずか十日ほど前のことだ。一週間で五十万人近い兵員がドーバー海峡を渡ってフランス北西部のノルマンディー海岸に上陸した。ここのところ、ラジオも遅れて戦地に届く新聞もその戦果を華々しく大々的に報じている。ここマリアナにいる上陸船団の誰もがそれを意識せざるを得ない。

ノルマンディーほどではないにせよ、マリアナ攻略作戦はこれまで太平洋戦域で行われた北太平洋のアッツ、中部太平洋ギルバート諸島のマキン・タラワ上陸作戦をその規模ではるかに上回る。また日本本土により近く、長らく日本の委任統治領であったここサイパンでは日本軍が必死の抵抗を見せるのは確実だった。

上陸予定地点は島南西部にほぼ南北に延びる長さ八キロほどの海岸である。内陸には平坦部が大きく広がる。作戦計画では長い海岸線を四分割してそれぞれのビーチに北から順にレッド、グリーン、ブルー、イエローの名を冠し、それらをさらに二～三分割して担当する支援艦と上陸部隊を細かく割り振ってある。

砂浜の向こうで虎視眈々と待ち構える日本軍と海兵隊を主力とする米軍上陸部隊との死闘がもうすぐ始まる。今は波音がわずかに響くだけの文字通り嵐の前の静けさとなったひっそりと静まり返る南の島の海岸に数時間後、血で血を洗う地獄が間違いなく現出するのだ。

七時十五分、ホランド・スミス中将が指揮する米軍第二海兵師団と第四海兵師団の第一波、大型上陸用舟艇七十隻、小型百隻、ＬＶＴ（水陸両用装軌車）六十八両が多数の艦船からの援護射撃の下、海岸線に殺到し始めた。

南北に長く伸びた海岸線のほぼ中央には緩やかに突き出たススペ崎がある。その北側にオレアイ海岸、南側にチャランカノア海岸が広がり、南端にアギガン岬がある。ススペ地区はサトウキビやコーヒーなど農産物の集散地で南洋群島有数の貿易港でもあり、すぐ南には普段は多くの日本人が住む「チャランカ町」がある。町には製糖事業を中核とする企業、南洋興発の施設や社宅が多数あり南興神社が建てられている。

海岸奥の台地とススペ崎、アギガン岬に配置された日本軍部隊は激しい艦砲射撃で大きな被害を受けてはいたが、偽陣地の効果もあり地形を巧みに利用した多数の陣地には健在のまま残っているものも少なくない。部隊は接近してくる米軍上陸部隊に猛烈な集中砲火を加えた。だが圧倒的な兵力の上陸部隊は弾雨の中、損害を出しながらも接近を続け、やがて最初の部隊が海岸に到着すると続々と上陸を開始した。日本軍の攻撃は米軍部隊を上陸地点にしばらく釘付けにしていたが、絶え間ない艦砲射撃と空襲による支援攻撃により日本軍の損害は急速に拡大していく。斎藤中将は米軍上陸の報を受け、戦闘指揮所を守備隊後方の前線により近いヒナシス丘陵に移動させた。

米軍は四名の大隊長を含む千名を超える多数の死傷者を出しつつも前線を徐々に進め続々と後続部隊を海岸に送り込んだ。上陸兵員数は上陸開始後一時間で八千名を超えた。オレアイ海岸に上陸した海兵隊第二師団とチャランカノア海岸に上陸した海兵隊第四師団は強大な兵力・火力を背景にじりじりと前進していく。

これに対して日本軍は後方部隊が反撃を行った。

北部オレアイ海岸では歩兵大隊と戦車約十五両が反撃を行った。戦車はＬＶＴなどを撃破しながら進攻し、一旦海岸近くまで前進したものの猛烈な艦砲射撃に阻止され押し戻された。

南部チャランカノア海岸では海岸部隊の攻撃に合わせ、後方のヒナシス丘陵に配置された砲兵陣地から上陸する米海兵隊に対して激しい砲撃を行った。この砲撃は米海兵隊上陸第一波に大きな損害を与えたが、砲兵陣地は艦砲射撃によって徹底的に破壊され多くの兵員と砲が失われた。

この日夕刻には東に離れたタポチョ山南部のカナツタブラ渓谷でそれまで沈黙を保ってきた砲兵大隊が長射程の十五糎榴弾砲で米上陸部隊に対して激しい砲撃を開始した。だが、この砲撃も多数のＬＶＴを破壊はしたものの上陸部隊を撃退することは出来なかった。

上陸初日、日本軍部隊は米海兵隊に予想を上回る大損害を与えたものの結局、兵力・火力の差は埋められず、海岸付近の陣地の多くは破壊され部隊の多くが過半の兵力を失った。

夜間、海岸付近の一部の日本軍部隊が夜襲をかけたが、海岸に橋頭堡を築いた米上陸部隊はこの頃にはもはや小兵力の夜襲で何とか出来るような規模ではなくなっていた。ススペ崎とアギガン岬の陣地は米軍の攻撃を何度も撃退しいまだ陣地を確保していたものの、オレアイ、チャランカノア両海岸に橋頭堡を築いた米軍はさらに内陸へと進攻する構えを見せ始めていた。

昭和十九年　六月十五日
あ号作戦発動

六月十五日早朝、米軍サイパン上陸の報に接した連合艦隊司令部は指揮下全部隊に『あ号作戦』決戦発動を下令した。小沢長官率いる第一機動艦隊が米軍機動部隊と上陸部隊を撃滅するという計画である。豊田連合艦隊司令長官は柱島泊地の旗艦大淀から全軍に対し、『皇国ノ興廃此ノ一戦二在リ、各員一層奮励努力セヨ』と宣して士気を鼓舞した。

前日タウィタウィ泊地から移動し、フィリピン中部のギマラス泊地に到着していた第一機動艦隊は十五日午前、同地を出港した。ここから決戦想定海面まで四日程度かかる。

『あ号作戦』決戦発動を受け、第一機動艦隊では旗艦の空母大鳳艦上で作戦会議が開かれた。

第一機動艦隊司令部

司令長官　小沢治三郎（中将）

・参謀長　　古村啓蔵（少将）

・先任参謀　大前敏一（大佐）

・航空参謀　青木　武（中佐）

・水雷参謀　有馬高泰（中佐）

・通信参謀 石黒 進(中佐)

「我々は明日十六日に第二艦隊と合流しマリアナに向かう。決戦予想日時は六月十八日から十九日」

古村参謀長が計画概要を説明した。

ニューギニア西部のビアク方面では海軍戦力により現地陸上部隊を支援する『渾作戦』が進められていたが、米軍のマリアナ来襲を受け中止された。『渾作戦』に参加していた栗田中将率いる戦艦大和、武蔵を擁する第二艦隊は第一機動艦隊に加わるべく現在フィリピン南東海上を北上している。

「決戦想定海面はマリアナ西方三百五十キロを中心とする第六艦隊が管轄する哨戒網内。現在、硫黄島空襲中の敵機動部隊が北方から南下しここに入った時点でこれを叩く。索敵は哨戒網内の仁型哨戒艇が行い、我々は第六艦隊からその情報を得ることになっている」

古村参謀長はそう言って海図に示された哨戒網の範囲を指し示した。

「我々の役割は三つある」

そう言うと古村参謀長は黒板に項目を書き並べた。

一、 敵機動部隊の哨戒網への誘導

二、 敵機動部隊の撃滅

三、上陸支援艦隊の撃滅

「まず敵艦載機の攻撃圏外を遊弋し米機動部隊を哨戒網内へ誘導する。初撃は呂二百潜水艦部隊による奇襲攻撃とし状況確認後に我々が本格的な攻撃を開始する。攻撃隊は我が方艦載機の長距離航続性能を利して米攻撃隊の攻撃可能距離圏外、つまりアウトレンジから発進し反復攻撃を行う」

「呂二百部隊と我々の同時攻撃とした方がより効果的ではないか？」

航空参謀青木中佐が意見を述べた。

「確かにそうする事が出来れば理想的だが同時攻撃というのは簡単ではない。呂二百部隊の攻撃時刻は敵の動き次第で流動的だ。しかも我々が先に下手に動けば米機動部隊の動きに影響を与える恐れがある。呂二百部隊の戦闘状況と戦果を見極めた上で攻撃隊を送るのが最善と考えている」

古村参謀長は答えた。

「空母数隻撃破と言うならともかく敵機動部隊の撃滅など本当に出来るのか？　敵機動部隊は強力だ。空母の数も多いようだが、艦載機の性能、防御砲火、今ではいずれにおいても我々より明らかに上だ」

水雷参謀有馬中佐の率直な意見に会議室に沈黙が拡がった。

「そのためのアウトレンジ戦法である。敵機動部隊の動きさえ封じる事が出来れば、あとは第二艦隊の大和、武蔵以下戦艦部隊の働きも期待出来る」

数多の懸念事項には何一つ明確な答えを出せないまま、小沢長官のこの発言でひとまず会議は終了した。

一方、第六艦隊司令部にも『あ号作戦』決戦発動の命令は届いた。

既に臨戦状態にある第六艦隊にとってこの命令は形式的なものでしかない。だが第六艦隊にとって『あ号作戦』は大部分を独自の指揮で行う初の潜水艦隊作戦となるため大きな意味がある。

豊田現連合艦隊司令部は前古賀司令部の遺産である呂二百部隊には関心が薄かった。

潜水艦の速度が多少増したところで、一時的では敵の高速機動部隊には何の役にも立たん、これまで通り輸送や哨戒任務に使えばいいではないかというのが彼らの主張で、とにかく極力今まで通りがいいというのである。

豊田長官自身、新司令部の多くの将官同様、潜水艦だけの攻撃部隊などあり得ないという考えで、連合艦隊司令長官に就任した直後には呂二百計画を白紙に戻し、部隊の潜水艦を輸送や哨戒に転用しようとすら計画した。だがさすがに既にほぼ準備が完了した計画を今更中止しようというのはさまざまな意味で抵抗も大きく、高木長官が一歩も退かぬという態度で猛烈に抗議したこともあり沙汰やみとなった。この際、指揮系統についても古賀司令部時代の決定を踏襲して第一機動艦隊を小沢長官が指揮するのと同様に、呂二百部隊は高木長官が指揮するということで決着している。

それ以来、豊田司令部は呂二百部隊の運用について第六艦隊に何も言ってこない。勝手にしろという態度である。おそらく潜水艦部隊が何をしようが大した影響はないとみているのであろう。

これは自由に采配を振るえるという意味で第六艦隊にとっても小池にとっても非常に好都合だった。

一応、第六艦隊からは連合艦隊司令部に対し敵情に応じて待伏せ奇襲攻撃を行うとのみ説明してある。要するに今までのやり方と同じである。余計な説明はしていない。要らぬことを言ったら作戦にどのようにくちばしを入れてくるか分かったものではなかったからである。

これまで潜水艦部隊の役割とされてきた哨戒任務については今回、仁型哨戒艇群が行うため、こちらもそれ以上の要求はしてこない。

こうした結果、今では呂二百部隊による作戦は第六艦隊独自の判断で指揮が執れる体制が整っている。

昭和十九年 六月十五日
マリアナ北方 第五十八任務部隊

マーク・ミッチャー中将率いる米機動部隊、第五十八任務部隊は十一、十二日の二日間にわたってマリアナ諸島の日本軍航空基地に攻撃を加えた後、上陸支援の一環として硫黄島の日本軍基地航空部隊を牽制する目的で北上していた。攻撃を担当するクラーク少将の第五十八・一任務群とハリル少将の第五十八・四任務群、空母全七隻の二つの機動群は本隊から離れてさらに北上し小笠原諸島を爆撃した。

「先ほど第一群の硫黄島空襲部隊が帰艦したとの連絡がミッチャー提督からはいりました。未帰還四機とのことです」

午後三時、第三任務群と行動をともにしている第五艦隊旗艦インディアナポリス艦上で参謀長カール・ムーア大佐がスプルーアンス長官に報告した。

スプルーアンス率いる第五艦隊は中部太平洋戦域の全海軍部隊を束ねる大戦力だ。全艦隊と上陸部隊をその指揮下におさめる。

「予定通りだな」

スプルーアンスは頷いて言った。

「未帰還機搭乗員の捜索は十分行うよう伝えておいてくれ」

「了解しました」

「一時間ほど前、フィリピン方面の潜水艦から日本の機動部隊が泊地を出たとの報告があった。目的地は間違いなくマリアナだろう。我々は万が一にも敵機動部隊の上陸部隊への攻撃を許すことは出来ん。彼らが攻撃圏内に入る前に我々はマリアナ西方海域に移動せねばならん」

六月十六日午後、第五十八任務部隊は南下を始めた。

マリアナ北方 第五十八任務部隊

昭和十九年 六月十六日
サイパン 陸軍主力部隊壊滅

上陸二日目の十六日、海岸沿いに確保した橋頭保にM四戦車を始めとする膨大な物資を揚陸した米軍は日本軍守備隊への猛攻を開始した。何度も米軍を撃退してきたススペ崎の陣地もアギガン岬も包囲され壊滅、ともに占領された。

南西部の海岸地帯を完全に制圧した米軍部隊は島南部の平野部を東へと進攻した。

米軍はチャランカノア東部を防衛していた日本軍高射砲中隊を壊滅させ占領地域を拡大、さらにこの日新たに上陸した陸軍一個連隊が日本軍の妨害を排除しながら南東部のアスリート飛行場へと進撃した。

その夜、斎藤中将は守備隊総力を挙げての逆襲を下令した。

十七日深夜二時三十分、日本軍守備隊はオレアイ方面の米軍部隊に向け三十両の戦車部隊と歩兵連隊が突撃を開始したが、大幅に増強された米軍の強力な兵器群と格段に強化された陣地にまったく歯が立たない。無数の照明弾による真昼のような明るさの中、多数のM四戦車、バズーカ、対戦車自走砲が待ち構える戦場で日本軍主力部隊は二時間ほどで戦車部隊が壊滅、歩兵連隊も死傷者続出で一個大隊程度の兵力に落ち込み、目だった戦果をあげられないまま退却した。

昭和十九年　六月十七日
サイパン　海軍司令部

　十七日明け方、後方の海軍司令部にも陸軍苦戦の情報が次々と入ってきた。混乱の極みにある陸軍司令部は海軍に戦況を連絡してこないが、付近の海軍設営隊などから情報が集まってくる。

「昨夜行われた陸軍総力を挙げての反撃は失敗に終わり主力部隊はほぼ壊滅状態らしい。戦車や重砲など米軍に対抗し得る兵器はほぼすべて喪失、歩兵も多くが部隊の体を為していない。オレアイ、チャランカノア両海岸周辺は米軍に完全に制圧され、一部の敵部隊は既にアスリート飛行場付近にまで到達しているとのことだ」

　慌ただしく開かれた首脳部会議で将官達を前に南雲長官が状況を説明した。

「陸軍にはもはや米軍と正面切って戦える力は残っておらず、残存兵は今後タポチョ山に退き抵抗を継続することになると思われる。我々としてはこれ以上陸軍部隊に期待することは出来ん」

「絶対に米軍を叩き出せるはずではなかったのか？」

　海軍第五根拠地隊司令官の辻村少将が米軍来寇前の陸軍将官の発言を取り上げてこう言うと、数人が同意するように頷いた。だが、それ以上発言するものはいない。沈鬱な空気が会議室全体を支配していた。

　今回の戦闘には海軍陸戦隊も参加し大損害を被った。

昨夜、ガラパン東の灯台山に集結した落下傘部隊、横須賀鎮守府第一特別陸戦隊九百名は陸軍主力の攻撃に呼応しオレアイに向け出撃した。結局陸軍とは調整がつかないまま予定の二時半に突撃を開始した部隊は米軍防御線を突破して明け方まで前進したが、敵戦車が現れて後退した時点でわずか百名ほどに減っていた。

ガラパンを守備する第五根拠地隊にとっては陸軍部隊の後退はそのまま自軍の運命に直結する大問題である。

「これで我々海軍の『あ号作戦』に失敗は許されなくなった」

南雲長官は出席者を見渡してこう言ったが、マリアナの基地航空兵力が米軍の度重なる空襲でほぼ壊滅し作戦への寄与が期待出来なくなった今、南雲長官の中部太平洋方面艦隊に出来ることはほとんどない。航空兵力以外についても中川少将の第三水雷戦隊はサイパンに艦艇群を保持しているわけではなく、伊藤少将の第一連合通信隊や佐藤中将の南東方面航空廠にいたってはそもそも後方司令部や整備、補給基地であって戦力ではない。

今やサイパン在島の海軍部隊で『あ号作戦』に参加する実行部隊を持つのは実質的に空襲直前に司令部を移動してきた第六艦隊だけになっていた。

自然、出席者の質問は第六艦隊に向けられる。

「呂二百部隊はもう到着したのか？」

南雲長官が高木長官に尋ねた。南雲長官は高木長官の海兵での一期上になる。

「昨夜、第一潜水隊の四艦が哨戒網内に入りました。本日中には全艦揃うことになっています」

「そうか」

第六艦隊が管轄するマリアナ西方の哨戒網や呂二百部隊と呼ばれる新型潜水艦について他の将官達は未だにどういうものなのかよく知らない。サイパンにおける海軍側代表と見做されている南雲長官ですら、指揮系統も管轄も異なる第六艦隊の呂二百部隊についてはよく理解していなかった。

彼らは第六艦隊司令部がわずか十日ばかり前サイパンにやってきた時も特に批判するわけではないものの、潜水艦部隊の司令部が一体何をしに来たのだろうと思っていた。そして米軍の上陸が始まってからは、わざわざこんな時期に安全な内地から司令部を移動して来るとは何とも運の悪い連中だ、という感想が加わった程度である。第六艦隊側にしても作戦には直接影響ないとの理由で積極的に情報提供はしなかった。

「米軍機は東方海上から来ているようですが、敵機動部隊は本当に西方の哨戒網に入ってくるのでしょうか?」

中川少将が南雲長官に尋ねた。

「これまで攻撃に向かった部隊からの情報や機種分析によると、どうやら東方海上にいるのは上陸部隊支援の小型空母群のようだ。また一方で一昨日から硫黄島が空襲を受けているとの連絡もあり、我々としては敵機動部隊本隊は硫黄島牽制のために北に移動しているのではないかと考えている。だが、第一機動艦隊がマリアナに接近する姿勢を見せれば敵機動部隊も迎撃のため南下し必ず哨戒網内に現れるはずだ」

「で、その後は一体どういう計画になっているのか？」

佐藤中将がイライラした様子で聞いた。

佐藤中将が長を務める南東方面航空廠の部隊は本来、戦闘に直接参加することはない。だが、いくら麾下の部隊が補給や修理部隊で作戦に直接関係ないとはいってもサイパンの戦況がここまで悪化すればもはや全員運命共同体だ。これでもし海軍の作戦が失敗に終われば、たとえ武器がなくとも最後には皆一人残らず戦闘に参加するのである。彼らはすべて他人まかせといった状態で不安なのである。佐藤中将にしてみれば部下への説明にも最低限の情報は必要だ。黙って聞いているだけというわけにはいかない。

「第一機動艦隊は本当に敵機動部隊を追い払うことが出来るのか？」

誰からも答えはない。重苦しい沈黙が部屋を支配した。

そんな中、中川少将がポツリと言った。

「呂二百部隊はこれまでの潜水艦とはまったく別物だという噂がある」

そしてこう続けた。

「実はとんでもない艦だという話も聞いた」

一年がかりで準備を進めてきた呂二百計画には関わる人間も多い。潜水艦部隊は比較的他の部隊との接点も少ないのであるが、噂程度にしろ、同じ海軍内で多少の情報は洩れているのである。おそらく水雷戦隊を率いる中川少将は呂二百部隊が想定訓練を行った呉練習戦隊から情報を得たのであろう。

「本当なのかね、それは？」

佐藤中将が高木長官をじっと見つめた。

出席者全員の視線が高木長官とその隣の小池に注がれた。

彼らは呂二百が水中速度三十五ノットを超える超高速潜水艦である事などもちろん知らない。

二人は顔を見合わせた。

彼らが知りたがるのももっともな話だ。それに明後日にはすべてが終わっているはずである。話したところで今更影響を心配する必要もない。結果がどうなろうとここであまりに隠し立てするのは後味が悪い。

高木長官は腹を決めた。

「やむを得んな。小池君、説明してやってくれ」

昭和十九年 六月十八日
サイパン沖 揚陸指揮艦ロッキーマウント

十八日、揚陸指揮艦ロッキーマウント艦上でターナー、スミス両中将の他、主要な上陸部隊指揮官が出席して作戦会議が開かれた。連絡用高速艇でロッキーマウントにやってきた第二海兵師団のトーマス・ワトソン少将、第四海兵師団のハリー・シュミット少将、陸軍第二十七歩兵師団のラルフ・スミス少将がサイパン島南部各地における戦闘状況報告を行った。

「以上、掃討作戦の結果、島南部地域での日本軍によるゲリラ活動はほぼ終息しつつあります。アスリート飛行場南東のナフタン半島には五、六百人ほどの部隊がまだ立て籠もっていますがもはや大きな脅威とはなり得ません」

最後にラルフ・スミス少将が報告を終えるとターナー中将は次の議題へと話を変えた。

「現在、日本の機動部隊がフィリピン方面から近づきつつある。ミッチャー中将の機動部隊が迎撃に向かっているが敵艦隊の位置はまだ不明とのことだ。帯同しているインディアナポリスの第五艦隊司令部では決戦は明日になると予想している。現在サイパン沖合に退避している輸送艦隊を含め、我々上陸支援部隊も敵艦載機による奇襲には十分注意するようにとの連絡がきている」

前回、日米空母機動部隊同士の戦闘が行われたのは一昨年、一九四二年（昭和十七年）十月二十六日に行われたサンタクルーズ諸島海戦（南太平洋海戦）が最後である。それから既に一年と八か月が経過している。サンタクルーズ諸島海戦では米軍の攻撃隊は日本軍の空母に損傷を与えたものの、二隻の空母に多数の命中弾を受け、ホーネット沈没、エンタープライズ大破の損害を被って撤退を余儀なくされている。この海戦の結果、米軍には太平洋上に稼働空母が一隻もいなくなり、国内では史上最悪の海軍記念日（十月二十七日）、とまで呼ばれた。

だが機動部隊は一年八か月の間にその規模、兵器、戦術において大きく変わった。当時たった二隻にすぎなかった空母は今や十五隻となり、搭載する桁違いの数の航空機もすべて最新型に更新されている。搭載機のおよそ半数を占める戦闘機のほぼすべては二千馬力級のF６Fヘルキャットへと入れ替わり、いまだ千馬力級の零戦を主力戦闘機として使い続けている日本側との性能差は明らかだ。その強力な空母部隊の周囲を七、八十隻に及ぶ巡洋艦、駆逐艦の護衛部隊が取り囲み万全の防空体制を敷いている。防空重視で作られた各艦艇上には対空砲が隙間なく並び、砲火密度は以前と比べるべくもない。改良が進められた高性能レーダーによる早期警戒態勢も完璧だ。

マキン、タラワ以来、実戦を繰り返しながら規模拡大を続けてきた機動部隊には実戦経験豊富なパイロットがかなり多くなってきている。一部の初陣空母には実戦未経験者もいるものの豊富な機材と燃料を惜しみなく使い訓練を重ねてきた搭乗員達の士気は高い。

第五十八任務部隊は世界最強の機動部隊だ。どこをとっても死角はない。九百機に及ぶ艦載機を搭載した十五隻の空母群に対抗出来る艦隊などどこにもいない。今回は楽観論が大勢を占めている。

「彼我の戦力差は大きい。質量ともに我が方が圧倒的に有利だ。もちろん警戒を緩めることは出来んが、ミッチャーの艦隊に多少の損害が出たとしてもここサイパンへの影響を心配する必要はまずないだろう」

ターナー中将はこのように説明をおこなった。

もはや米軍の関心は勝ち負けではなく、損害を如何に小さく抑えられるかでしかない。

昭和十九年 六月十八日
タポチョ山 陸軍部隊

守備隊総力を挙げての決戦で主要兵器の大半とほぼ半数の兵員を失い、サイパン島中央部のタポチョ山へと後退した日本軍は翌六月十八日、島の東西に延びる防衛線を再構築していた。防衛線の西部はガラパン市街の海軍部隊、中央部のタポチョ山南部の高地と東側のラウラウ湾方面は陸軍の残存主力部隊がそれぞれ陣地を構築している。第四十三師団司令部はタポチョ山東部のドンニイ西側山中に移動した。

日本軍主力を敗走させた米軍は島南部の占領地域制圧と態勢の立て直しに力を注いだため、新防衛線付近での戦況は小康状態を保っていたが、今や単純に兵員数のみでも日本軍の四倍を超える米軍は南部平坦地域を埋め尽くし、海上を遊弋する艦艇からの艦砲射撃、大量の戦車、バズーカ、対戦車自走砲、航空機による空爆など、ありとあらゆる火力と物量で日本軍を圧倒している。今ではいかに強気の日本陸軍といえど再攻勢に出ることなどとても考えられず、タポチョ山に拠って絶望的な抵抗を続ける他に選択肢はなくなっていた。

その夜、サイパン守備隊に対し天皇陛下から『前線将兵の善戦を嘉賞する、萬一サイパンを失うようなことになれば東京空襲も行われる様になるから是非ともサイパンを確保せねばならぬ』との御言葉が伝達された。

同じ頃、ドンニイ山中の司令部に陸軍将官が集まり作戦会議が開かれた。

南部地区の状況と新防衛線構築の進捗について各部隊からの報告が終わった後、今後の戦闘についての方針が井桁少将から示された。タポチョ山に拠って新防衛線を維持しつつ来援を待つというのがその骨子だ。

「本当に援軍が来るのですか？」

第四十三師団参謀長の鈴木大佐が疑わしそうに聞いた。

昨年五月にはアリューシャン列島のアッツ、十一月には中部太平洋ギルバート諸島のマキン、タラワが玉砕している。来援を信じろというのも無理な話だ。

「サイパンは絶対国防圏の最重要拠点だ。大本営も簡単に放棄することは出来ん。増援部隊については大本営の晴気作戦参謀から連絡があった。大本営は速射砲五個大隊、二十糎臼砲大隊、歩兵第百四十五連隊の増援部隊と武器弾薬の供給を決定したそうだ。海軍の第五艦隊が現在輸送準備中だ」

井桁少将が詳細を説明した。

「米軍来寇前でさえ困難だった部隊の輸送だ。今になってそれだけの部隊がここサイパンまで無事に辿り着けるとは到底思えん。たとえ運よく辿り着けたとしても、空も海も敵の重囲の中、一体どうやって上陸させるつもりだ？」

第百三十六連隊長小川大佐が皮肉っぽい調子で言った。

「さらに言えば米軍の戦力は圧倒的だ。向こうには艦砲も空爆もある。九五式戦車がまったく歯が立たない強力な敵戦車も確認されただけで軽く百輛を超える。もし増援でそれだけの部隊が加わったとしても、わが方の劣勢はとても覆せまい」

鈴木大佐が同調した。

しかし部隊長級の人間は皆、自分達が置かれた厳しい現状を十分理解していた。おそらく大本営は陸上部隊の増援がほぼ不可能であることも、また陸上部隊のみでは勝利の見込みが立たないであろうことも十分承知しているのである。

「在島守備隊は最後まで我が増援部隊の来着を信じ、決死の覚悟で戦うのみである」

斎藤中将がこう宣言すると、それ以上は誰ももう何も言わなかった。

「次は海軍機動部隊の来援可能性だが、海軍では米機動部隊との決戦は明日が最大のヤマとみている」

井桁少将が状況を説明した。

小沢長官の第一機動艦隊がフィリピンを発しここマリアナに向かっているという情報は陸軍にも伝えられ、自力での戦局挽回が不可能となった陸軍部隊将兵は海軍の勝利に一縷の望みをつないでいる。

「海軍には何としても頑張ってもらわねば困る。兵達も最後の望みを託している」

歩兵第百十八連隊長伊藤大佐が強い口調で言った。

陸軍と海軍は元々犬猿の仲である。その上、海軍のミッドウェー大敗北の隠蔽、南方地域での空母多数撃沈の過大戦果報告疑惑、海上護衛作戦の失敗など、さまざまないきさつから相互の信頼は極度に低下し、もはや陸軍は海軍の言葉をまったくと言っていいほど信用していない。だが他に活路が見いだせず玉砕の二文字が徐々に現実のものとなってき始めた今となっては、不本意ながら陸軍も海軍の作戦に期待せざるを得なかった。もし海軍の作戦が成功し陸海部隊が共同で米軍に当たれば万が一の光明を得ることが出来る可能性があるかもしれない。首脳部同士の諍いはともかく、戦う兵達にとってみれば陸も海もないのである。

「だが敵機動部隊は相当に強力だという噂だ。ここサイパンの上陸部隊と支援艦隊の規模からみてそれはおそらく事実だろう。実際、海軍航空部隊はトラック、パラオ、いずれでもまともに対抗出来ずに壊滅している。今回は大丈夫と言われても海軍が敵艦隊を追い払うことが出来るとはとても思えんのだが……」

「それに今空襲に来ているのは機動部隊とは明らかに別の部隊だ。たとえもしうまく事が運んで機動部隊同士五分の戦いが出来たとしても米軍は引き下がらんだろう」

「この機動部隊による来援が失敗すれば我々は完全に孤立することになる」

出席者の口から出るのはどれも悲観的な見方ばかりである。

沈黙していた斎藤中将が再び口を開いた。

「我々は我々の戦いを続けるのみだ。米鬼を求めて攻撃に前進し一人よく十人を斃し全員玉砕するまで」

既に覚悟を決める時が来ていた。斎藤中将の言葉に全員が頷いた。

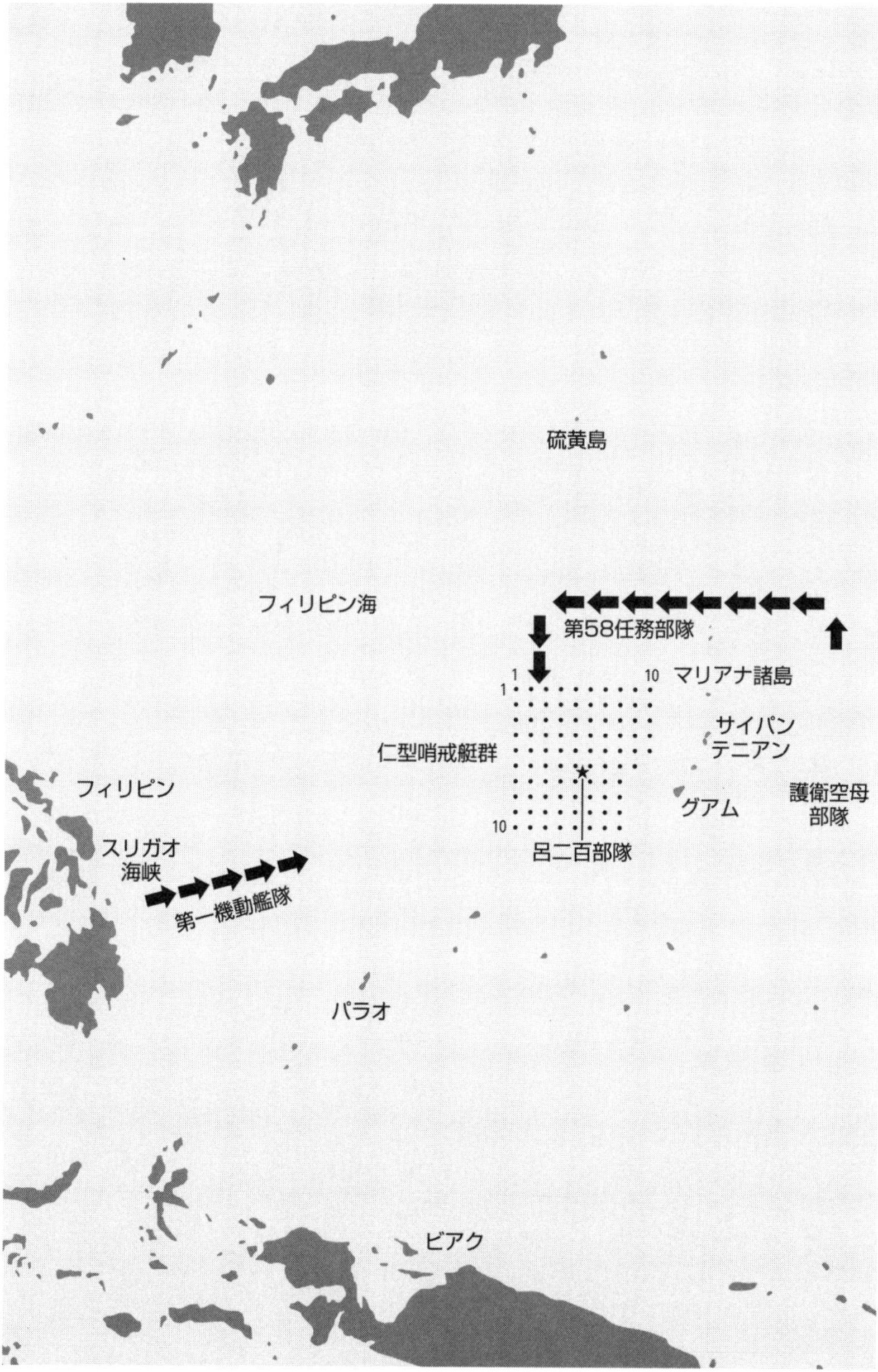
硫黄島
フィリピン海
第58任務部隊
1
1
10
マリアナ諸島
サイパン
テニアン
仁型哨戒艇群
フィリピン
護衛空母
部隊
グアム
10
呂二百部隊
スリガオ
海峡
第一機動艦隊
パラオ
ビアク

昭和十九年 六月十八日
マリアナ西方哨戒網 米機動部隊発見

哨戒網最外周の哨戒艇群は聴音機を外側海域に向け厳重な警戒を続けていた。特に北端と西端に位置する艇の役割は重要である。第六艦隊司令部ではここ一両日中に米機動部隊が哨戒網内に入ってくる可能性が高いと判断し、全艇に厳重な警戒を指示していた。

十八日午後七時、北端列の西から三番目に位置する一三号艇の水測員安藤も北側海域からの音響にじっと耳を澄ませていた。最外周の艇には特に潜水艦乗務経験の長い熟練水測員が割り当てられている。一三号艇は四月の配備以降、既に二か月以上ここで哨戒任務を続けている。

当直員は士官一人、兵一人の二名だ。

「本当に来るのでしょうか?」

安藤は吉村中尉に尋ねた。

哨戒艇の全乗員が東方数百キロに位置するサイパンの状況を詳しく知っている。米軍の水際撃滅に失敗したサイパンの日本軍はいまだに激しい戦闘を繰り広げているものの、昨日は総力をあげて臨んだ決戦で主力部隊が壊滅的な被害を被ったとの情報が入っている。もはや第一機動艦隊がサイパンに到達出来ない限り戦況の好転は望めない。何とかサイパンの部隊を助けたい、というのが哨戒艇全乗員の偽らざる気持ちだった。だが、まずは敵機動部隊が現れないことにはどうしようもない。

「哨戒網最北端に位置する本艇の役割は重要だ」

吉村中尉はそれだけ言って質問には答えなかった。安藤もそれ以上は追及しない。

同じようなやり取りが多数の哨戒艇内で何度となく繰り返されていた。

理屈の上では、敵機動部隊は哨戒艇群がその監視下においているほぼ五百キロ四方に及ぶ広大な海域に侵入してくる可能性が非常に高いと思われる。だが、何らかの理由で敵機動部隊がここまで来ない、もしくはこの哨戒網を迂回して通り過ぎてしまうという可能性も否定は出来ない。決して百パーセントの保証はないのだ。

潜水艦と同じ九三式聴音機は艦艇の集団音なら二万五千〜三万メートルまで捕捉が可能だ。五十キロ間隔で艇を配した哨戒網に死角はない。安藤は聴音器に耳を澄ませた。単調な任務だが気を緩めるわけにはいかない。だが一方で、緊張のし過ぎも疲労により感度の低下を招く。経験の長い安藤はその辺のさじ加減もよく心得ていた。

当直開始からおよそ二時間がたつ午後八時、安藤は遠くに何かを聞いたような気がした。チラリと横目で斜め後ろの中尉を見やると、驚いた事に中尉もすぐ安藤の動きに気がついた。

十秒……、二十秒……、三十秒……、やがてそれは確信に変わった。

「音響聞こえます。感度二、左二十度。水上艦です。近づいて来ます」

安藤は緊張した声で報告した。

「単艦か？」

安藤は耳を澄ませた。

「いえ、少なくとも複数以上です」

「敵機動部隊か?」

吉村中尉は単刀直入に聞いた。

「分かりません。ですが輸送船ではありません。可能性は高いと思います」

「監視を続けてくれ。俺は皆を集めてくる」

艇は小さい。吉村中尉は艇内を上り下りし一分ほどで全員に招集をかけるとすぐ発令所に戻ってきた。

「何か変化はあったか?」

「わずかに近付きましたが、まだ遠いです」

吉村の後を追うように次々と乗員が集まってきた。熟睡していたものもいた筈だが眠そうな素振りを見せるものはひとりもいない。敵艦隊発見後、艦隊が通過し司令部に情報を通報するまでの数時間が哨戒艇にとっての戦闘だ。皆、敵艦隊発見の事実の重さを理解している。

「距離は?」

全員が揃ったところで、副長の八代が安藤に聞いた。

「二万を切りました」

「よし潜望鏡深度に浮上」

吉村の指示で操舵席についた田島がブロー弁を操作し艇はゆっくりと浮上を始める。

艇は潜望鏡深度に達すると潜望鏡を上げた。

　水平線上に大型艦のものと思われる上部構造物がいくつか突き出ているのが見える。どうやら空母の艦橋のようだ。

「間違いない。敵機動部隊だ。総員戦闘配置」

　吉村は潜望鏡を覗いたまま全員に指示した。

　戦闘配置と言っても通常の艦のように慌ただしい動きが始まるわけではない。ただ発令所内の所定の位置につくだけだ。全六名の乗員のうち、既に指揮官の吉村は潜望鏡の後ろに、安藤は聴音器の前に、操舵員田島は操舵装置の前にいる。残る三人は聴音器のそばに据え付けられた机の周囲に陣取った。

「記録開始」

　三人のうち二人は記録員だ。吉村が潜望鏡による視認内容を告げ、水測員の安藤が聴き取った音源の方位、感度、推定距離、推定艦種といった情報を報告すると、一人の記録員が時刻とともにそのまま表に記録、もう一人は海図上に位置と推定艦種を記録していく。

　すぐに最初の情報が記録された。

　最後の一人は電文作成員だ。これは副長の八代が担当する。敵艦隊通過後、司令部への報告を迅速に行うため、記録と同時に通信電文を作成するのである。すべての作業に速度と正確さが要求される。

　米機動部隊の輪形陣は対潜戦闘を任務とする多数の護衛駆逐艦と対潜哨戒機とで緻密な防御シ

ステムを構築している。既に暗くなった今は対潜哨戒機こそいないものの、高性能のレーダー、ソナーを装備し対潜掃討の訓練と実績を積んだ多数の護衛駆逐艦が主力艦を隙間なく取り囲んでいる。

艦隊の接近につれ、潜望鏡を下げた一三号艇は徐々に深深度へと潜航していく。やがて音源が少しずつ増え、スクリュー音が安藤の耳一杯に聞こえてきた。既に深度は百五十メートルを超えている。左舷寄りの海面を多数の艦艇が埋め尽くし音源が耳を圧する。

安藤はソナーの向きを変えながら記録員への報告を延々と繰り返した。

艦隊発見から一時間ほども経ってからようやく頭上の音源は減り始めた。

艦隊が離れていくにつれ、一三号艇は今度は逆に少しずつ浅深度へと浮上していく。やがて潜望鏡深度に達した艇は去っていく米機動部隊を再度視認し艦隊後方部隊の配置を確認した。

十時十八分、艦隊が視界から完全に消えたのを確認して吉村は指示を出した。

「司令部に報告する。一四号艇に送信開始」

仁型哨戒艇は隣り合う艇との通信専用に非常に指向性の高い微弱電波による短距離通信装置を装備している。相手のいる位置が明確に分かっていることが使用の絶対条件だが、敵に捕捉される危険は極めて低い。

最高警戒態勢時、全哨戒艇は常時潜望鏡深度で受信待機の状態にある。複数の哨戒艇経由で順送りされた情報はサイパンの第六艦隊司令部に送られ、最終的に第六艦隊司令部から哨戒網中央付近で遊弋する呂二百部隊に届く。

配備以降、哨戒艇群と第六艦隊司令部の間では敵機動部隊出現時の様々な状況を想定した通信訓練を何度も繰り返している。

後は全て訓練通り行うだけだ。

昭和十九年 六月十八日
サイパン 第六艦隊司令部

サイパン守備隊にとって玉砕の二文字が刻々と現実に変わりつつある中、海軍首脳部にも焦りが見え始めていた。米機動部隊を叩き、何とかして第一機動艦隊の来援を成功させなければ守備隊は全滅する。ガラパン付近を守備する海軍部隊ももちろん一蓮托生である。

今では第六艦隊の報告する哨戒網からの定時連絡がサイパン在島海軍首脳の最大関心事となっていた。

「南雲さんにまた『敵機動部隊はまだ現れんか?』と聞かれたよ」

朝から顔を合わせるたびに繰り返し同じ質問をされた高木長官は周囲に愚痴をこぼした。

昨日の会議で小池は呂二百型潜水艦の最高速やその継続時間といった具体的な数値こそ伏せたものの、作戦計画自体はかなり詳細に説明した。性能についても概ね想像は出来たはずである。

呂二百と呼ばれる新型潜水艦の恐るべき高速性能を知らされ、同時にサイパン西方沖に広がる哨戒網の本当の目的に気付いた南雲長官は仰天した。彼は哨戒網が小沢長官の第一機動艦隊支援のものだと勝手に思い込んでいたからである。

第六艦隊は自分達だけで米機動部隊を壊滅させようとしているのだ……。

そしてその大胆かつ緻密な作戦計画を聞くうち、彼にもそれがあながち不可能ではないことのように思えてきた。

日米航空兵力の実力差を過去の戦闘状況からある程度把握している南雲長官は第一機動艦隊によるサイパン救援の成功可能性について陸軍同様、内心かなり懐疑的な見方をしていた。もちろんサイパンにおける海軍側代表者としてそんなことはおくびにも出さなかったし、わずかな可能性と知ってはいてもそこに望みをかけるしかなかった。だがそのような状況下、第六艦隊の作戦計画を知らされた南雲長官が呂二百部隊に期待し先行きに大いに希望を膨らませたのは言うまでもない。

南雲長官は第六艦隊に対する態度をコロリと変えた。別に第六艦隊は中部太平洋艦隊の隷下にあるわけではないのだが、それ以来、南雲長官は興味津々の様子でたびたび高木長官や小池のところにやってきては根掘り葉掘り様子を尋ねるのである。

「数日前に硫黄島の空襲がやんでいます。スプルーアンスの機動部隊も第一機動艦隊の動向を察知してこちらに向かっているのです。第一機動艦隊がさらに接近すれば米機動部隊は必ず哨戒網内に入って来ます」

小池も高木長官とともに繰り返し説明していた。

小池はここ一両日がヤマと見ている。第六艦隊司令部では数人ずつ二十四時間態勢で通信室に詰めて哨戒網からの連絡を待っているが、時間は刻一刻と過ぎていく。

そんな中、哨戒網北西部の十二号艇と十三号艇から定時連絡なし、の報告がきたのは午後九時過ぎのことだった。哨戒艇の定時報告漏れは配備当初の手違いを除いて長らくない。緊迫した現状を考えると隣り合う二艇同時の単純なミスの可能性は低く、艇の位置も考慮すれば考えられる理由は一つしかなかった。

「十二号艇と十三号艇に定時報告漏れが出ました」

小池が高木長官に報告すると、長官は椅子から飛び上がるようにして立ち上がり壁の海図に駆け寄った。

「ここだな。君はどう思う?」

「敵機動部隊出現の可能性が非常に高いと考えます」

「結論は次の定時連絡次第ということだな?」

「その通りです」

「他の哨戒艇と呂二百部隊への連絡は?」

「既に終えました。全哨戒艇と呂二百部隊への連絡とともに厳戒態勢を指示しました」

呂二百部隊は十七日午後に最後の四隻が哨戒網内に到着している。全二十隻の呂二百型潜水艦は哨戒網南部中央付近で敵艦隊を待ち構えている。

一時間半後、まず東側の艇から連絡がきた。

「十三号艇から報告です。敵機動部隊が十二号艇と十三号艇の間を通過したとのことです。空母、戦艦二十隻以上を含む百隻を超える大艦隊です」

通信室に詰めていた塩崎が駆け込んできて小池に報告した。

「よし!」

小池は叫んだ。

「連合艦隊司令部と第一機動艦隊に敵機動部隊発見の報を打て！」

数分遅れで十二号艇からも同様の報告がきた。さらに二時間後には南側の二艇からも報告がきて敵機動部隊の構成がかなり詳細に判明した。
・午後十一時現在、哨戒網西部を南下中。
・前方三、後方二の五つの輪形陣。
・東西五〜六十キロ、南北四十五キロにわたって展開。
・四群は空母部隊。空母の数は全十五隻。
・一群は戦艦部隊。戦艦の数は全七隻。
・総数百隻超。
全空母の搭載機数は少なく見積もっても八百機は下らないだろうと思われた。

「これは……大物だな……」

報告を受けた小池は呟いた。

サイパン　第六艦隊司令部

呂二百型潜水艦は四隻で一潜水隊を構成する。
・第一潜水隊　前衛　呂二〇〇、呂二〇一　後衛　呂二〇二、呂二〇三
・第二潜水隊　前衛　呂二〇四、呂二〇五　後衛　呂二〇六、呂二〇七
・第三潜水隊　前衛　呂二〇八、呂二〇九　後衛　呂二一〇、呂二一一

・第四潜水隊　前衛　呂二一二、呂二一三　後衛　呂二一四、呂二一五
・第五潜水隊　前衛　呂二一六、呂二一七　後衛　呂二一八、呂二一九

全五潜水隊という数は小池としては予備部隊も見込んでの数だったのだが、結果として五つの輪形陣を擁する米機動部隊に対しギリギリの数となった。

「各輪形陣にそれぞれ一潜水隊の四隻をあてる」

高木長官が自ら指示した。

「あとは計画通りうまく接敵出来るか、ということだな？」

敵機動部隊を哨戒網に誘い込むという第一段階はようやく成功したが、まだ難関は残っている。ここまでくれば空母数隻の撃破は容易と思われたが、小池の目標とするのは全主力艦の撃滅である。それには全潜水隊の同時一斉攻撃がどうしても必要だった。各潜水隊の初撃に時間差が発生すれば通報により危険を察知し逃走する艦が出ると考えられた。全速で逃げられたらさすがに呂二百型潜水艦でも簡単には追いつけず、また長時間追い続けることは出来ない。時間差ゼロは無理だが極力小さくする必要がある。

「双方の距離は現在約二百キロですが、既に呂二百部隊は待機位置から移動を始めています。最終的には全潜水隊が敵艦隊の進路前方を塞ぐ形で直径百キロの半円を描き、三十キロ間隔で待ち伏せる計画です。敵艦隊が変針した場合はそれに応じて位置を修正することになります。このまま行けばあと約六、七時間後、夜明け近くに攻撃開始予定距離の三十キロまで接近します」

「敵艦隊が直前で変針した場合はどうなるのか？」

高木長官が聞いた。

「距離次第です。もし接敵直前で距離が十分に近ければ、水中高速を利して敵艦隊に突っ込みます。ですが中途半端に遠ければ最初からやり直さざるを得ません。ただこの場合でも上陸部隊がサイパンにいる以上、彼らも哨戒網から出ていくことはないでしょう。機会はまたやってきます」

昭和十九年 六月十八日
南西太平洋 第一機動艦隊

十八日午後十一時、第六艦隊司令部から敵機動部隊出現の報を受けた第一機動艦隊司令部には熱気が漲っていた。

「先ほど米機動部隊がサイパン西方の哨戒網に足を踏み入れたとの連絡が入った。敵艦隊は現在哨戒網西寄りを南下している」

古村参謀長が状況を説明した。

「現在位置はここだ。既に我々の動きをある程度把握しているとみるのが妥当だろう」

大前先任参謀は壁に貼られた海図に敵機動部隊の位置を赤丸で示した。米機動部隊はサイパン東方を北上、硫黄島を攻撃した後、日本機動部隊迎撃のためサイパン西方を南下している。

「そして我々はここだ」

大前先任参謀は今度はサイパン南西千三百キロの位置を赤丸で示した。フィリピンからマリアナに向かい東北東に進む第一機動艦隊の位置である。

「敵機動部隊は空母部隊四群と戦艦部隊一群の計五群に分かれている。空母総数は十五隻」

予想を上回る数に出席者全員に動揺の色が拡がった。

「十五隻？ それではギルバート、マーシャル、ブーゲンビルでの空母多数撃沈破の戦果報告はやはり出鱈目だったということか？」

　第一機動艦隊も空母の数は九隻とまずまず揃っているが半数は小型空母だ。特に千歳、千代田、龍鳳、瑞鳳の搭載機は三十機程度と少ない。

「それではたとえ四～五隻沈める事が出来たとしても、とてもサイパンの戦局を好転させることは出来ないのではないか？」

　悲観的な声も上がる中、呂二百部隊と協同で当たれば何とかなるのではないか、と言う声が出た。だが要員の多くは当初から潜水艦部隊の力に懐疑的だ。

「高速潜水艦とは聞いているが一体どれほどのものなのか？　ひいき目に見てもせいぜい二十ノットそこそこ出れば御の字だろう。それにひきかえ敵主力艦はすべて三十ノット以上だ。持続時間も短いとなれば、奇襲が余程うまくいってようやく二、三隻仕留めるのが関の山だ」

　呂二百型潜水艦は最新鋭兵器ではあるものの、潜水艦であるが故に水上艦部隊からは一段低く見られがちだった。また、当事者である第六艦隊が機密情報を極力隠す一方で部外者の関心は非常に低いという状況の中、軍隊の徹底した縄張り意識と秘密主義も手伝ってようやく出来上がったばかりの呂二百型潜水艦の実態は奇妙なほど機動部隊首脳に伝わっていなかった。特に古賀長官の遭難事件以降は連合艦体司令部経由で情報が流れることもなくなり、勝手な憶測で誤解されている部分も多々あった。そして呂二百型潜水艦の水中速力については彼らの想定が甘いというわけでもない。どちらかというと、それまで最大八ノットしか出なかったものがいきなり三十五ノット超になることを想像しろという方が無理である。

「二、三隻沈めて貰えば我々としては大助かりではないか。それに少なくとも呂二百部隊の攻撃で敵は混乱に陥るはずだ。それに乗じて我々の攻撃隊が反復攻撃すれば活路を開けるかもしれん」

この青木航空参謀の意見には賛同するものも何人か出た。

「確かにそれはそうだ」

「そう考えると潜水艦部隊もあながち無駄と言うわけでもないかもしれんな」

彼らにとって潜水艦部隊はどこまでいってもつけ足しに過ぎないのである。

いずれにしても空母十五隻、推定九百機の敵戦力はあまりに大きかった。敵勢力の撃退が簡単ではないことは誰しも認めざるを得なかった。だが、ここまでくればたとえ勝ち目が薄くとも、もはや運を天に任せる他ない。

「我々は呂二百部隊の会敵時刻までに攻撃隊発進可能な距離に進出する。つまりちょうど夜明け前、位置はこのあたりだ」

古村参謀長の説明に沿って大前先任参謀が第一機動艦隊の進出位置を海図上に赤丸で描いた。

「潜水艦部隊の敵機動部隊奇襲後、我々は予定通りアウトレンジ戦法で攻撃を開始する」

小沢長官が全員に告げた。

昭和十九年 六月十九日 〇五三〇
サイパン西方 第五十八任務部隊

十九日未明、ミッチャー中将率いる米機動部隊、第五十八任務部隊はサイパン西方約四百五十キロの地点にいた。空母部隊四群と戦艦部隊一群の五つの部隊はそれぞれが直径約七、八キロの輪形陣をなしている。

第一群（クラーク少将指揮、前衛左翼）
大型空母 二 ホーネット（百機）、ヨークタウン（百機）
軽空母 二 ベローウッド（四十五機）、バターン（四十五機）
重巡 三 ボルチモア、ボストン、キャンベラ
軽巡 一 オークランド
駆逐艦 九 イザード、チャレット、コナー、ベル、バーンズ、ボイド、ブラッドフォード、ブラウン、カウウェル

第二群（モンゴメリ少将指揮、前衛右翼）
大型空母 二 バンカーヒル（百機）、ワスプ（八十機）
軽空母 二 カボット（四十五機）、モンテレイ（四十五機）

軽巡 四　サンタフェ、モービル、ビロクシ、サンファン
駆逐艦 九　オーウェン、ミラー、ザ・サリヴァンズ、スティーブン・ポッター、ティンゲイ、ヒコックス、ハント、ルイス・ハンコック、マーシャル

第三群（リーブス少将指揮、前衛中央）
大型空母 二　エンタープライズ（九十機）、レキシントン（八十機、第五八任務部隊旗艦）
軽空母 二　サンジャシント（四十五機）、プリンストン（四十五機）
重巡 一　インディアナポリス（第五艦隊旗艦）
軽巡 四　リノ、モントピリア、クリーブランド、バーミングハム
駆逐艦 十三　クラレンス・K・ブロンソン、コットン、ドーチ、ガトリング、ヒーリー、コグスウェル、ケイパートン、インガソル、ナップ、アンソニー、ワズワース、テリー、ブレイン

第四群（ハリル少将指揮、後衛左翼）
大型空母 一　エセックス（百機）
軽空母 二　ラングレー（四十五機）、カウペンス（四十五機）
軽巡 四　サンディエゴ、ヴィンセンス、ヒューストン、マイアミ
駆逐艦 十三　ランズダウン、ラードナー、マッカーラ、ラング、スタレット、ウィルソン、ケース、エレット、チャールズ・オースバーン、スタンリー、コンバース、スペンス、サッチャー

第五群（リー中将指揮、後衛中央）
　戦艦　七　ワシントン、ノースカロライナ、インディアナ、アイオワ、
　　　　　　ニュージャージー、サウスダコタ、アラバマ
　重巡　四　ウィチタ、ミネアポリス、ニューオーリンズ、サンフランシスコ
　駆逐艦　十四　マグフォード、カニンガム、パターソン、バッグレイ、セルフリッジ、
　　　　　　ハルフォード、ゲスト、ベネット、フラム、ハドソン、トワイニング、
　　　　　　マンセン、ヤーナル、ストックハム

第五艦隊（太平洋艦隊）司令長官スプルーアンス大将の乗る旗艦インディアナポリスと第五十八任務部隊司令官ミッチャー中将が乗る旗艦レキシントンはともに前衛中央に位置する第三群にいる。

日本艦隊の出撃情報が入った翌日の十六日にも、フィリピン東部の外洋への出口となるスリガオ海峡配備の潜水艦から日本艦隊通過の情報が届いている。日本軍機動部隊が刻々と接近してきているのは間違いない。

既に二日前、スプルーアンスはミッチャーに対し敵空母の撃破を第一目標とするよう指示を出していた。だが、米軍は外洋に出た日本機動部隊を見失い、第五十八任務部隊は昨日来、厳重な警戒を続けている。スプルーアンスは日本軍機動部隊がサイパン上陸部隊を直接攻撃することを懸念して昨夜半変針を指示、部隊は現在東方への航行を続けている。

「敵機動部隊発見に全力をあげろ」

スプルーアンスの指示を受け、ミッチャーは既に夜明け前、多数の索敵機を発進させていた。

敵位置判明次第、即時攻撃隊を発進させ先制攻撃をかけるというのが機動部隊決戦の常道である。だがもし、第五十八任務部隊が敵の先制攻撃を受けたとしても大きな損害を被ることは考えにくい。

第五十八任務部隊はレーダーと航空管制を用いた防空システムを構築している。旗艦レキシントンの戦闘指揮所には、麾下の全艦艇の他、早期警戒機や高性能レーダー搭載アヴェンジャー雷撃機といった航空機が探知した日本軍攻撃隊の情報が逐一伝えられる。また、日本艦隊方向に三百キロ近く進出した対空レーダー搭載の哨戒駆逐艦が日本軍機の接近を探知し、空母群が装備するＳＫレーダーとＳＭ‐１レーダーで攻撃隊の方位、距離、高度を割り出す。そしてその位置情報に基づいて迎撃する四百機を超えるＦ６Ｆ戦闘機が艦隊七、八十キロ前方の有利な高度で待ち伏せる計画だ。Ｆ６Ｆ戦闘機は性能面で零戦をはるかに凌駕するだけでなく、その数は爆撃機や雷撃機をも含めた日本軍全攻撃隊の数に匹敵する。

もし一部の日本軍機がこの緻密かつ強力な防御網を突破して艦隊に近づいたとしても、艦隊には遠距離用から近距離用まで大量の対空火器を満載した艦艇が多数揃い主力艦を取り巻いている。防御火力は強力だ。

第五十八任務部隊は日本軍攻撃隊の通過が想定される遠方から至近に至るまで、ありとあらゆる空域で幾重もの監視体制を構築し、その上でどの段階においても日本軍攻撃隊に対し十二分に対応可能な迎撃態勢を整えている。

これはアメリカの持つ圧倒的な技術力と生産力がいかんなく発揮、ここに凝縮された結果と言ってよく、数も練度も劣勢の日本軍攻撃隊が少々小細工を弄したところで結果に影響を与えられるような生易しいものでは決してない。これまでに南方方面で繰り返された数々の戦闘の経験から、第五十八任務部隊の司令部では百パーセントに近い確信を持って戦闘に臨んでいるのだ。

昭和十九年 六月十九日 〇六〇〇
サイパン西方 マリアナ沖海戦

十九日朝、空がわずかに白み始めた頃、二十隻の小型高速潜水艦部隊は総計百隻を超える米軍大機動部隊の接近を待ち構えていた。総トン数二万トン対百万トンの戦いである。

十隻を超える哨戒艇群が得た大量の情報は第六艦隊司令部で詳細に分析され、夜通し呂二百部隊にもたらされている。今では部隊の全艦が敵艦隊の詳細をその配置から艦数、艦種に至るまで完全に把握している。

およそ十六ノットで哨戒網西寄りを南下していた敵艦隊は午前二時三十分ごろ東に向きを変え、今は哨戒網中央付近を東進している。

呂二百部隊の五つの潜水隊は敵艦隊の進路を塞ぐように南北八十キロの範囲に展開している。中央の三潜水隊が敵機動部隊の前方三群、両端の二潜水隊が後方二群にあたる計画である。

- 最右翼 第一潜水隊 呂二〇〇、呂二〇一、呂二〇二、呂二〇三
- 右翼 第二潜水隊 呂二〇四、呂二〇五、呂二〇六、呂二〇七
- 中央 第三潜水隊 呂二〇八、呂二〇九、呂二一〇、呂二一一
- 左翼 第四潜水隊 呂二一二、呂二一三、呂二一四、呂二一五

・最左翼 第五潜水隊 呂一一六、呂一一七、呂一一八、呂一一九

米機動部隊は刻々と包囲網に接近してくる。哨戒艇群の位置を目盛にした位置情報は正確だ。投網を絞るように呂一百部隊は包囲網を縮めていく。あと十五分ほどで包囲網の中心に敵機動部隊が姿を現すはずである。

第六艦隊司令部による最終攻撃命令は二十分前に既に下され、行動開始のタイミングは各潜水隊指揮官の判断に委ねられている。敵艦隊の動きに何らかの異常があれば司令部から緊急通報が入ることになっているが、現時点では何の連絡もない。周囲には呂一百部隊以外の艦船はいない。艦載機の気配も日の出前の今は感じられない。

中央正面を受け持つ第三潜水隊の四艦は前衛二隻、後衛二隻の配置で四方に並び海面にアンテナを露出して待機している。

五時十七分、指揮官艇呂一〇八の水測員篠原が敵艦の音響を捉えた。

「音響捕捉。敵艦隊先頭正面のものと思われます。推定距離約二万八千」

「予定通りだな」

岡部艦長は頷いた。

敵艦隊はこれまで通りおよそ十六ノットで進んでいるとみるのが妥当だ。

「直ちに僚艦に通知！」

敵艦隊探知の情報は発光信号で周囲の僚艦に伝えられた。

五時二十三分、岡部艦長は潜望鏡内に水平線上の敵艦を視認した。

「空母四隻とその手前に多数の駆逐艦を視認。予想通り前衛中央の一群と思われます」

岡部は潜望鏡を覗いたまま、司令官の原口少佐に報告した。

正面やや左寄りの敵艦隊は徐々に接近して来る。

「先頭艦が三千に接近するまで現深度で待機」

原口少佐は岡部艦長に指示した。

各潜水隊間の距離は約二十五キロある。攻撃開始は最初に予定距離に接近した潜水隊が独自の判断で行うが、その無線通報と同時に残りの潜水隊も一斉に攻撃に移ることになっている。

「ト連送が来ました！　右翼の第二潜水隊からです！」

五時五十二分、通信員の遠藤が報告した。

ト連送は突撃報告である。航空隊では何度も使われているが潜水艦で使われるのは初めてだ。既に攻撃開始寸前の位置に来ていた呂二〇八も潜望鏡を上げた。

潜望鏡の視界一杯に巨大な空母が映った。

ト連送は第六艦隊司令部にも届いた。

報告を受けた小池は小さく頷いた。

六時前、第五十八任務部隊では攻撃部隊の発艦準備が進められていた。前衛中央輪形陣、第三群に属するレキシントンでも慌ただしく作業が進められ、ほぼ準備完了という状態にある。

艦上でまだ作業が続く中、輪形陣の左前方に位置する駆逐艦から発光信号で潜水艦発見の通報がきた。

「コットンが潜水艦を探知しました。右サイドのドーチとともに輪形陣を出て制圧に向かうとの連絡です」

リッチ艦長がミッチャー中将に報告した。

間もなく輪形陣右前方の駆逐艦からも別の潜水艦発見の報告がきて、さらに駆逐艦二隻が制圧に向かった。

「こんなところに二隻もか？」

潜水艦は待伏せ攻撃が基本だ。その低速ゆえに遠くに敵艦隊を発見しても追うことが出来ないからである。このため、通常潜水艦が敵艦を狙うのは海峡の出入口や頻繁に使われる航路上であり、そこで気長に待つということになる。だが、ここは大海原の真っただ中だ。二隻が同じ地点で待伏せていることも奇妙だが、そこにたまたま行き当たるというのも不思議な話だ。

リッチ艦長は不審に思ったもののそれ以上気にすることはなかった。絶対にあり得ないということでもないし日本軍の潜水艦などさほど心配する必要もない。既に位置が判明している以上、駆逐艦がすぐ沈める可能性が高く、たとえ逃げられても駆逐艦と追いかけっこをしてる間に振り切ってしまえば害はない。

報告を受けたミッチャー中将は念の為、艦隊の速度を二十ノットに上げさせた。

駆逐艦は潜水艦を失探しないよう低速で近寄っていく。低速とはいっても潜水艦が相手なら相対的には十分な速度だ。

る。

「駆逐艦向かってきます。速力十ノット」

呂二〇八で水測員の篠原が岡部艦長に報告した。

攻撃態勢に移った呂二〇八は既に隠密行動を放棄し自ら音波を発する水中探信儀を使用してい

「モーター停止。全補機始動。速力八ノット」

岡部艦長が指示した。

駆逐艦が接近するまでのろまの潜水艦を装うのである。

数週間ぶりの補機稼働だが全二十四機はわずか数秒で起動した。頭上で機関音が響きわずかに速度が上がる。

「五百まで引きつけたら一気に加速。駆逐艦をかわしたら目標は輪形陣中央の四空母」

しばらく艦内に沈黙の時間が流れる。

「距離五百です！」

「全補機半速。二十五ノット！」

乗員は訓練以来久々に味わう後ろから押し出されるような加速を感じた。旧来の潜水艦とはやはり異次元の艦だ。いよいよ決戦である。この時のためにこれまで訓練に励んできたのだ。

「取舵一杯」

呂二〇八はほとんど速度を落とすことなく一気に向きを変えた。

「潜水艦、速度上がります……」

反響音をスコープで覗いていたコットンのソナー員が艦橋に報告した。

「十二……、いや、十三……十四……」

スコープを見つめるソナー員の顔が次第に驚愕の表情へと変わっていく。

「そんな潜水艦があるか！」

艦長はそう言いながら隣りのソナー室に入っていくと自らスコープを覗きこんだ。

「まだ加速しています！」

ソナー員の言う通り、スコープ上の輝点の動きは尋常ではなかった。明らかに動きが速いのである。輝点は刻々と移動していく。

「何だ……これは……」

艦長は思わず眼をこすった。

「二十ノット以上出ています！」

既に輝点は輪形陣に向かって突き進んでいる。

「本艦とドーチの間を通過する気です！」

艦長は慌てた。

「機関全速、面舵一杯！　ただちに空母群に連絡！　すぐ回避行動をとらせろ！」

だが急速反転後、全速で追尾に移ろうとしたコットンのソナーは敵潜水艦を見失っていた。二十ノットを超える速度ではソナーは自艦の発する騒音で用を為さない。やむを得ずコットンはなかば当てずっぽうで潜水艦を追い始めた。

コットンの発光信号で状況を察知した他の駆逐艦も高速で輪形陣に侵入する潜水艦を探知した。彼らは空母群と潜水艦の間に割って入ろうと動き出したが、相対速度四十ノット以上で急速に空母群に接近する潜水艦にはもう間に合わない。仮に間に合ったところで二十ノットを超える高速潜水艦を攻撃する手段などない。

一方、緊急通報を受けたレキシントンのリッチ艦長は即座に機関全速の指示を出した。大型艦は増減速に時間がかかる。敵潜水艦から逃げるにも魚雷を避けるにもまずは高速航行だ。だが、輪形陣内に侵入した二隻の潜水艦は正面から接近してくる。既に距離は二千メートルを切っている。舵を切れば艦の横腹を見せることになる。もはやこのまますれ違うしかない。

「日本軍の新型潜水艦か？」

ミッチャー中将が前方の海面を凝視して唸った。

「そのようです」

リッチ艦長にもそれ以上のことは分からない。

水中を高速移動する潜水艦が魚雷を発射するとは思えなかったが、手の内の見えない不気味な潜水艦は正面から急速に接近してくる。何の手立てもなしにただ近づいてくるとは到底考えられない。このままだと潜水艦はレキシントンの艦底を通過する。三十分前には余裕すら見えていた大機動部隊に緊張が走る。

第三群に随伴する第五艦隊旗艦インディアナポリスのスプルーアンス大将も自身で艦橋に立ち、心配そうに左舷海上の空母群とその前方海面を見つめていた。些細な出来事と思われた十数分前の敵潜水艦発見報告から事態は急展開し始めていた。

高速移動中の攻撃を前提とする呂二百型潜水艦は魚雷に代わる兵器として浮上機雷を装備する。後部から後方に射出される機雷は海面に浮上し水上で爆発する。威力は魚雷と同等である。射出管は三本。命中率を高めるためそれぞれわずかにタイミングをずらして一斉に射出する。確実な起動と自艦被害防止のため信管はなく時限式である。

内地では速度を変え、変針しながら標的艦前方を通過する訓練が繰返し行われた。至近距離から潜望鏡で目標位置を確認しすぐ潜航、後は音源を頼りに高速で突っ込むのである。

この特殊な兵器の取り扱いについてはさまざまな試行錯誤があった。だが今では彼我の相対位置、射出時速度、時限装置設定時間などが訓練の結果を反映して細かく決められている。空母全長はたとえ軽空母でも二百メートル近く幅は三十メートルを軽く超える。間違いなく一発は艦底に命中、残りの二発も至近距離で爆発する。

「潜望鏡上がりました！」

レキシントンの見張り員が叫んだ。

正面から白波を立てて進んでくる潜望鏡は誰の目にもはっきりと見えた。

「一隻は真っ直ぐこちらに向かってきます！　もう一隻は……プリンストンの方に向かっているものと思われます！　速い！　推定……三十ノット！」

リッチ艦長は迫ってくる潜望鏡を凝視した。

「右舷正面から突っ込んできます！」

見張り員が叫んだ。

「いったいどういうつもりだ？　まさか体当たりする気じゃないだろうな！」

リッチ艦長がそう言った直後、潜望鏡は水中に没した。

「艦底を通過します！　直下です！」

十数秒後、突き上げるような衝撃が連続してレキシントンを襲い、艦の中央付近両舷に二本の巨大な水柱が立ち上がった。

爆圧の影響を避けるため、機雷射出後急速潜航、高速離脱していく呂二〇八の後方から衝撃波が襲い、艦は一瞬押し出されるように加速した。

艦内では機雷命中！　の声が上がった。

大破は間違いない。

発令所によし、という静かな歓喜の渦が拡がった。旧来型潜水艦のような隠密行動は放棄しているため声をあげてもいいのだが、潜水艦乗りの長年の習慣は簡単には抜けない。

「潜望鏡深度に浮上。後方の空母に向かう」

酸素消費を抑えるため、岡部艦長は一旦二十ノットへの減速を指示した。

数十秒後、今度は左舷後方の離れた水中で爆発音が轟いた。

「呂二〇九の機雷です！」

「これで二艦！　残るは二艦だな！」

艦長の報告に原口少佐は口元を引き締めた。

先行する二隻の空母、レキシントンとプリンストンに水柱が高々と上がり、直後黒煙を吐き、のめるように速度が落ちていく様子は後方の空母エンタープライズとサンジャシントからもはっきりと見えた。

すぐに自分たちの間違いに気づいたサンジャシントのマーティン艦長が叫んだ。

「取舵一杯、九十度変針！　敵潜水艦から全速で退避！　絶対にやつらに艦底を通過させるな！」

だがやはり、潜水艦はサンジャシントの方へと向かってきた。一方、サンジャシントは速度こそ三十ノット近くに達しているものの大型艦の向きはそう簡単に変わらない。

既に岡部艦長は潜望鏡内に新たな空母を視認している。

「右十五度、距離二千に中型空母！」

呂二〇八は再度速度を上げ急速に接近していく。

「補機全速！　逃がすな！」

呂二〇八は向きを変え逃げようとする空母の右舷側から高速で突っ込んでいく。

「敵潜水艦、距離四百！　速力三十ノット！」

サンジャシントの見張り員が叫んだ。

右舷の機銃が潜望鏡を狙って射撃を始めたのとほぼ同時にそれは水中に没した。

「駄目です！　艦底を通過します！」

「くそ！　一体どういうことだ！　こんなふざけたことがあっていいのか！」

マーティン艦長は喚き散らした。

サンジャシントが二発の浮上機雷をまともにくらって航行不能となった数分後、輪形陣の外周付近で第三群最後の空母エンタープライズが追い縋る呂二〇九に仕留められた。

第三潜水隊後衛の呂二一〇と呂二一一は前衛の二艦を追って輪形陣に突入した。先行艦による四空母への攻撃が成功したのを確信した二隻は攻撃目標を外周部の巡洋艦へと変え、左右に分かれて手近の艦に突進した。

巡洋艦の乗員達も輪形陣内の海上を信じ難い速度で動く潜望鏡と主力艦に次々と命中する兵器を目の当たりにしている。新手の潜水艦の侵入を知り、その目標がどうやら自分達であることを察知した巡洋艦群は恐れをなして輪形陣から次々と離脱し始めた。爆雷投射機などの対潜兵器を持たない巡洋艦は高速潜水艦相手ではただの餌食だ。意地で踏みとどまってもいたずらに被害を増やすだけである。艦長達の判断は責められない。多数の巡洋艦が蜘蛛の子を散らすように逃げ散った。

二隻の潜水艦は全速で逃げる巡洋艦との距離を詰め艦尾に迫った。巡洋艦が振り切ろうとしても潜水艦は易々と追従し食いついてくる。潜水艦の背後から駆逐艦が全速で追って来るがこちらは一向に距離が詰まらない。

十数分後、艦底に機雷攻撃を受けた二隻の巡洋艦は大きく傾いて海上に停止し、幸運な残りの二隻ははるか数キロ先まで逃げ去っていた。

第三群に随伴していた第五艦隊旗艦インディアナポリスは混乱が拡がり始めたのと同時に輪形陣を離れていたため、危うく難を逃れた。そのインディアナポリスも既に元の輪形陣から十キロ近く離れたところまで逃げ去っている。

「司令部にここまでの戦果を報告する」

原口少佐は攻撃を加えた四空母の状況を潜望鏡で確認すると岡部艦長に輪形陣外への退避を指示した。

敵主力空母の撃破は呂二百部隊に与えられた最大の任務である。つかの間、原口少佐は大きな肩の荷を下ろしたような安堵感に浸った。呂二〇八の乗員達もあっという間に空母二隻撃破という大戦果に興奮している。僚艦と合わせれば四隻だ。しかも、ほぼ一方的な攻撃である。狙い通りとはいえこれほどの大戦果は過去に例がない。

呂二〇八は三隻の僚艦に合図の音響信号を発すると、探信儀で敵艦の位置を確認しながら単独で輪形陣外へと出た。過去の戦闘で使用が憚られた探信儀はもちろん、僚艦との音響通信でさえもはや危険を招く心配はない。位置が暴露しても間違いなく逃げ切れるからだ。驚異的な高速性能がこれまでの常識を完全に無効にしている。

現場の実情を無視する上層部の無謀な命令に振り回され、危険な前線海域で敵水上艦の通過を息をひそめて待ち続けた記憶が原口少佐の頭の中に蘇った。とても同じ潜水艦とは思えない。

上空には攻撃以前に空母から飛び立った警戒機がまだいる可能性がある。呂二〇八は用心深く潜望鏡深度に浮上し、『敵一群の空母四に対し機雷命中確実六以上、全艦撃沈破確実』を第六艦隊司令部に打電した。

海上は大混乱に陥っていた。二百二十機以上を搭載した第三群の四空母はわずか一五分ほどの間にその機能を完全に喪失し、ようやく浮かんでいるだけの鉄塊と化していた。

　被害は第三群だけにとどまらなかった。

　インディアナポリスのスプルーアンス長官とレキシントンのミッチャー中将のもとには他の四群から続々と被害報告が入ってきた。五つの輪形陣にそれぞれ複数隻の高速潜水艦が侵入し空母と戦艦が集中的に狙われていた。どの機動群でも第三群同様、初撃の不意打ちで半数の艦が瞬く間に致命的な打撃を受け、反転、逃走しようとした残りの艦も次々とあっけなく追い縋る高速潜水艦の餌食となった。

　僚艦の犠牲の中、運よく反転脱出に成功し逃げ切るかに見えた第五群の戦艦ニュージャージーは全速三十三ノットで逃走を図っていたところを高速潜水艦に追尾された。排水量千トンの小型潜水艦に追われた五万トン近い戦艦ニュージャージーは徐々に距離を詰められ、結局、艦尾に攻撃を受けて航行不能となった。

　ミッチャー中将から主要艦艇全滅の報告がスプルーアンス長官のもとに届いたのは最初の潜水艦発見の報告からまだ三十分ほどしかたっていなかった。全十五隻、世界最強の空母機動部隊がこれから決戦が始まろうというまさにその時になって、想像すらしなかった日本軍の高速潜水艦による攻撃を受け壊滅したのだ。

「やられた……」

　スプルーアンスは目を閉じた。目の前で起きた現実がとても信じられなかった。無敵のはずだった第五十八任務部隊は今や完全にバラバラになり、もはや艦隊の体を為していない。なぜかミッドウェー海戦のことが頭をよぎった。圧倒的に有利だった日本機動部隊の四空母をスプルーアンスの艦隊が壊滅させせた海戦だ。

「今度は我々の番というわけか……」

スプルーアンスは天を仰いだ。

敵主力艦艇を屠った呂二百部隊は次の目標を探したが、既に無傷の大型艦は付近に一隻もいなくなっていた。

第一波の攻撃で呂二百部隊は敵主力艦すべてに大きな損傷を与えることに成功したが、驚いたことに沈んだ艦は一隻もいなかった。それどころか、半数程度は低速ながらなんとか自力航行が可能で無理をすれば艦載機の発着艦すら可能な艦も一部に残っている。呂二百部隊の乗員は米軍艦船の頑強さに舌を巻いた。

呂二百部隊は損傷主力艦群を遠巻きに監視し、逃走や発着艦を試みようとする艦に追加の機雷攻撃を行った。

各主力艦にはそれぞれ二～三隻の護衛駆逐艦がついているのだが、水中を頻繁に向きを変えて動き回り一撃離脱を繰り返す高速潜水艦の動きにまったくついていくことが出来ない。パニック状態の駆逐艦が手当たり次第に投下する爆雷は完全に的外れなところで爆発している。

再度一方的な攻撃が行われた結果、一時間後には海上の主力艦群に目立った動きはほとんど見られなくなり、完全に停止、漂流する状態に変わっていた。

「あとは駆逐艦だな」

呂二〇八の原口少佐は海図上に記録された多数の艦艇の位置と状況を確認しながら岡部艦長に言った。

爆雷装備を持つ駆逐艦にはたとえ高速潜水艦であっても迂闊に接近は出来ない。駆逐艦は爆雷投射器で後部右舷に三発、左舷に三発、艦尾の投下軌条で三発程度の爆雷を撒く。投下された九つの爆雷は碁盤の目の配置で海中に沈んでいき、その効果範囲は数十メートル四方に及ぶ。潜水艦が駆逐艦の直下を通過すれば頭上から爆雷を叩きつけられる。わざわざそこにとびこんでいけば危険なのは当然である。

だが、呂二百部隊の役目はここまでだった。駆逐艦群の掃討は呂二百部隊の役割ではない。各艦ともまだ残存酸素にはある程度余裕があるものの、多数の駆逐艦相手に高速で戦闘を繰り広げればそれもあっという間に消費してしまう。あとは味方水上艦部隊が到着するまで海上の監視と状況報告を続けることになっている。

「向かって来るもの以外、駆逐艦は放置」

原口少佐はこう指示し、やがて第六艦隊司令部からも同様の連絡がきた。

呂二百部隊は漂流する米機動部隊を遠巻きに包囲、監視を始めた。

昭和十九年　六月十九日　〇六三〇
南西太平洋　第一機動艦隊

夜明けまでにマリアナ諸島西南西千百キロの海上に到達していた第一機動艦隊は攻撃隊発艦準備を整え第六艦隊司令部からの戦果報告を待っていた。既に三十分以上前、呂二百潜水艦部隊の攻撃開始信号を受信している。

第一機動艦隊は小沢治三郎中将直卒の本隊である第三艦隊と本隊前方約二百キロに位置する栗田健男中将率いる前衛部隊の第二艦隊から成る。本隊は甲・乙二部隊に分かれそれぞれが空母各三隻を有し、前衛部隊の三隻と合わせ全部隊で九隻の空母を有する。前衛部隊には大和、武蔵の二戦艦を含む強力な水上戦闘部隊が配され、航空部隊の戦闘状況次第で機をみて敵艦隊に向かって進撃、肉薄することになっていた。

第一機動艦隊
司令長官：小沢治三郎中将、参謀長：古村啓蔵少将

第三艦隊（機動部隊本隊）
小沢長官直卒

本隊甲部隊
第一航空戦隊　空母：大鳳（第一機動艦隊旗艦）、翔鶴、瑞鶴
戦闘機九十一、爆撃機七十九、攻撃機四十四、偵察機九
第五戦隊　重巡：妙高、羽黒
第十戦隊　軽巡：矢矧　第十駆逐隊：朝雲
第十七駆逐隊：磯風、浦風
第六十一駆逐隊：初月、若月、秋月
付属：霜月
本隊乙部隊
第二航空戦隊　空母：隼鷹、飛鷹　小型空母：龍鳳
戦闘機八十、爆撃機二十九、攻撃機二十七
戦艦：長門
重巡：最上
第四駆逐隊（第十戦隊）：満潮、野分、山雲
第二十七駆逐隊（第二水雷戦隊）：時雨、五月雨
第二駆逐隊（第二水雷戦隊）：秋霜、早霜
第十七駆逐隊（第十戦隊）：浜風

第二艦隊（機動部隊前衛部隊）
司令長官：栗田健男中将
　第一戦隊　戦艦：大和、武蔵
　第三戦隊　戦艦：金剛、榛名
　第三航空戦隊　小型空母：瑞鳳、千歳、千代田
　　戦闘機六十三、攻撃機　二十七
　第四戦隊　重巡：愛宕（第二艦隊旗艦）、高雄、鳥海、摩耶
　第七戦隊　重巡：熊野、鈴谷、利根、筑摩
　第二水雷戦隊　軽巡：能代
　第三十一駆逐隊：長波、朝霜、岸波、沖波
　第三十二駆逐隊：藤波、浜波、玉波
　付属：島風

第一機動艦隊旗艦、空母大鳳の飛行甲板には発艦を待つ第一次攻撃隊の零戦、彗星艦爆、天山艦攻が隙間なく並び、全搭乗員が待機室で出番を待っている。既に昨夜のうちに私物を整理し覚悟を決めた彼らにとってあとは出撃命令をただ待つのみだ。彼らにすれば潜水艦部隊の戦果報告など待つまでもないのだが、作戦とあれば従わざるを得ない。

「呂二〇四からの電文を受信しました！」

第一機動艦隊司令部に呂二百部隊からの第一報が届いたのは意外に早く、攻撃開始信号受信からわずか四十分後だった。報告のため艦橋に上がってきた通信班員に小沢長官を始めとする司令部要員の視線が集まった。

「敵一群の空母四に対し機雷命中確実六以上、全艦撃沈破確実！」

通信班員が勢いよく手元の通信文を読み上げると、おお！ というどよめきが周囲に起きた。だが同時に疑問の声が多数上がった。

「四隻撃破だと？ 信じられん」

「本当か？ 間違いないのか？」

多数の航空機による一斉攻撃でさえ、これほど多数の空母を一度に撃破するなどということはこれまで聞いた事がない。司令部内は潜水艦部隊による予想外の大戦果をまだ手放しで喜べる雰囲気ではない。

「だが、もしこの報告が事実だとすれば敵機動部隊には大打撃のはずだ。残存艦艇が離脱したとしても大混乱に陥っているに違いない。絶好の機会だ。直ちに攻撃隊を出すべきではないか？」

「まあ待て。まずは真偽の確認が先だ。内容に間違いなければ第六艦隊司令部からも正式な報告があるはずだ。それからでも遅くはない」

航空参謀青木中佐の積極策に対し、先任参謀大前大佐が慎重論を述べた。

喧々諤々のやり取りが交わされる最中、別の通信班員が艦橋に現れた。

「呂二〇八からの電文を受信しました！ 敵一群の空母四に対し機雷命中確実六以上、全艦撃沈破確実！」

その報告を聞いて全員が狐につままれたような顔をした。

「それは先の報告と同じものではないか？」

古村参謀長が聞いた。

「いえ、発信者が異なります。これは呂二〇八からの電文です。先の電文は呂二〇四からのものであったはずです」

「しかしそれでは空母八隻撃破ということになってしまうが……」

大前大佐が首を捻った。

「いくら何でもそれはなかろう。そんなに簡単に次から次に空母が撃破出来てたまるものか。敵だって馬鹿じゃない。八隻もやられるまで手をこまねいて見ているわけがない」

古村参謀長は冗談じゃないという顔をした。

「別の艦が同じ内容を再度報告してきたのではないか？」

小沢長官も同様の見方を示した。

この時、水雷参謀有馬中佐が豪快に笑いだした。

「ウワッハッハッハ！」

「しかし本当に空母八隻撃破だとしたら痛快ですな！　ひょっとしたらじきに敵空母が一隻もいなくなってしまうかもしれませんぞ！」

この言葉に全員がどっと笑った。

「間違っても搭乗員には言うんじゃないぞ」

ひとりとして信じるものがいない中、古村参謀長が通信班員にこう指示した。

数分後、三人目の通信班員が艦橋に現れた。

「呂二一二からの電文を受信しました！ 敵一群の空母四に対し機雷命中確実七以上、全艦撃沈破確実！」

有馬中佐は目を丸くした。

「ひょっとすると、これは米軍の偽電ではありませんか？」

通信参謀石黒中佐が深刻な表情で言った。

「もし、この空母十二隻撃沈破というのが米軍の偽電だとしたら……」

そこまで言って小沢長官はじっと考え込んだ。

「偽電だとしたら？」

「考えたのはよほどの馬鹿に違いない」

「……」

司令部内の空気は確かに少しずつ変わりつつあった。

「それでもし、もしもだぞ、この報告がすべて事実だとしたら敵空母は一体あと何隻残っているんだ？」

古村参謀長がイライラした様子で聞いた。

「十五隻いたのだから、十二隻撃破したら後は三隻ということになりますな」

有馬中佐は眉間に皺を寄せて答えた。

「そういう他人事みたいな言い方はよせ！」

古村参謀長が怒鳴った。

「じゃあ一体どう言えと言うんです！」

有馬中佐も怒鳴り返した。

そこに四人目の通信班員が現れた。

「今度は空母三隻撃沈破か！」

古村参謀長は報告しようとした通信班員を睨み付けた。

通信班員は驚いたように目を見張った。

「そ、その通りであります！　呂二〇〇から『敵一群の空母三に対し機雷命中確実六以上、全艦撃沈破確実』との連絡であります！」

「ううむ……」

古村参謀長は呻いた。

「ちょ、長官、こ……これは……ひょっとしてひょっとするのではありませんか？」

青木中佐がもはや居ても立っても居られないという様子で言った。

その時、さらに五人目の通信班員が艦橋に現れた。

「おい！　もう空母は残ってないだろうが！」

参謀長の剣幕に一瞬たじろいだその通信班員はすぐに気を取り直してこう言った。

「いえ、空母ではありません。戦艦であります。敵一群の戦艦七に対し、機雷命中確実十三以上、全艦撃沈破確実！」

その後、サイパンの第六艦隊司令部からも報告がきた。その内容はこれまでの通信班員の報告と完全に一致していた。第六艦隊司令部でも呂二百部隊の戦果報告に問題なしとみているのである。

「それでは敵機動部隊は既に壊滅したということか？」

古村参謀長のこの問いに誰からも答えはなかった。だが誰にもはっきりとは答えられないものの、ここまでに得られた全ての情報はそれがおそらく事実であろうということを示唆している。

窮地に追い込まれていた日本軍にとって、戦果が誰の手柄であるかということなど『あ号作戦』成否の重要性に比べれば些細なことだ。いくら面子も重要とはいえ、第一機動艦隊司令部の面々も今そこにこだわるほど頑迷ではない。彼らがここまで呂二百部隊を軽視していたのは単純に潜水艦部隊などにたいした事が出来るはずがないと思い込んでいたからに他ならない。

敵機動部隊さえいなくなれば成功が危ぶまれていたサイパン救援が可能となる。いまだ疑心暗鬼ではあるものの、司令部全員の胸中に一様に覆いかぶさっていた暗雲は既に破れ、一気に明るい光が差し込み始めていた。

「もしこの戦果が本当ならもう慌てる必要はない。よく確認するんだ」

小沢長官が指示を出した。

第六艦隊司令部に対し小沢長官名で問い合わせ、何度かやり取りを繰り返した結果、第六艦隊司令部から今度は高木長官名で全二十二隻の各空母、戦艦の損傷程度に至るまで詳細な情報が送られてきた。

ついに大勝利を確信した第一機動艦隊司令部は沸き返った。

一方、待機室の攻撃隊搭乗員達はいつまでたっても出ない出撃命令をじりじりしながら待っていた。何人かの隊長が状況を聞きに行ったのだが、司令部はしばし待て、そのまま待機、と言うのみでさっぱり要領を得ない。

「おい、一体どうなってるんだ？」

二時間近く経ち全員が痺れを切らした頃になってようやく小沢長官、古村参謀長、青木航空参謀の三人が搭乗員待機室に現れた。長官直々に現れるということは出撃命令に違いない。ついに攻撃隊出撃である。搭乗員達の眼は爛々と輝いた。

「潜水艦部隊の戦果が先ほどようやく明らかになった」

古村参謀長が話を始めた。

皆、眦を決し、瞬きもせず、耳をそばだてて参謀長の次の言葉を待ち構えている。

「ごほん」

参謀長は目を伏せた。

「敵空母十五に対し命中機雷二十五、敵戦艦七に対し命中機雷十三、敵機動部隊全主力艦を撃沈破」

静まり返った部屋の中、搭乗員全員が怪訝な顔で固まっていた。赫々たる大戦果にも歓声は上がらなかった。完全に想定外の情報を何とか処理しようと彼らは必死で頭を捻った。参謀長は一体何を言っているのだ？

命中機雷というのは何だ？

全主力艦撃沈破？

何かの聞き間違いか？

だが、さすがに隊長達の反応は早かった。すぐ我に返った一人が立ち上がって質問した。

「参謀長、失礼ですが、その全主力艦撃沈破というのは間違いないのですか？」

「全て確認済である」

参謀長は大きく頷いた。

「空母も戦艦も全てということですか？」

隊長は重ねて聞いた。

「その通りである」

参謀長は再び大きく頷いた。

おいおい本当かよ、というような声がいくつか聞こえた。

「それでは参謀長、敵機動部隊は……」

「壊滅した」

「うおおおお！」

今度こそ全員がはじかれたように椅子から立ち上がり、同時に彼らの雄叫びが部屋を埋めた。

「俺達の戦果を横取りするとは何て奴らだ！」

誰かが大声で叫んだ。

部屋は爆笑に包まれた。

「参謀長、呂二百型潜水艦というのは一体どういう艦なのですか？」

どこかから質問がとんだ。

こっちが知りたい、そう思いながら古村参謀長は重々しく答えた。

「残念ながら今はまだ君達に話すことは出来ん。だが近い内に君達も皆、知ることになるだろう」

まあ、嘘ではない。

やがてまだ暗い内に発進していた哨戒機が米機動部隊上空に達し、多数の空母と戦艦が停止、漂流している状況が確認されるに至って潜水艦部隊の戦果は疑いようがないものとなった。また、第六艦隊司令部から潜水艦部隊は今なお敵艦隊の包囲を継続中のため航空部隊による更なる攻撃は不要との連絡も寄せられた。

「これでは……まるで日本海海戦ではないか」

一人の幕僚がポツリと言った。

「まったくですな」

傍らの一人も苦笑しながら同意した。

やがて第一機動艦隊の全乗員に潜水艦部隊の大戦果が伝わった。長らく待ち望んだ日本の大勝利である。第一機動艦隊が実戦に参加出来なかったのは残念だが、少なくとも囮として勝利に貢献したのだ。

「向こうに機動部隊がいなければもうこっちのものだ」

第一機動艦隊首脳部の心情には複雑なものもあったが、搭乗員達はあちこちに集まって快哉を叫んでいた。もし敵の大機動部隊とまともに交戦していれば少なくとも仲間の半数以上が戻って来られなかったであろうことを彼ら自身が一番良く知っている。

「第六艦隊様々だな」

「これからは足を向けて寝られんぞ」

飛行甲板の一角で万歳三唱が起きた。巻き起こった万歳三唱の嵐はやがて艦のあちこちへと拡がっていった。

昭和十九年 六月十九日 〇七〇〇
サイパン沖 揚陸指揮艦ロッキーマウント

日本軍高速潜水艦の攻撃を受けた第五十八任務部隊の大混乱の様子は無線傍受によってサイパン西部沖合を遊弋していた揚陸指揮艦ロッキーマウントの上陸部隊総司令部にも伝わっていた。高速潜水艦による攻撃を受けた直後に無線封鎖を解除した機動部隊の周辺では数十隻の艦艇からほぼ同時に発信された無数の通信電波が飛び交い、多数の艦艇がパニックに陥っている様子が明瞭に伝わってくる。旗艦レキシントンからの『敵高速潜水艦の攻撃を受け損傷』の打電を皮切りに主力艦の被害報告が瞬く間に積み上がっていく。ロッキーマウント艦上では詳細までは判然としないものの、非常にまずいことが起きつつあることだけははっきりと分かった。

第五十八任務部隊からの正式な連絡もないうちからロッキーマウントの通信指令室は蜂の巣をつついたような騒ぎになり、状況を聞きつけたターナー、スミス両中将も自身でやってきた。普段、怒鳴り声の応酬を繰り広げる険悪な関係のターナー、スミス両中将が二人並んで突っ立ったまま、黙りこくって増え続ける通信記録に一つ一つ目を通している。二十分後には一旦、『半数以上の艦が損傷』との正式連絡がきた後、すぐにその内容は『第五十八任務部隊は機能を完全に喪失』に変わった。

この絶望的な情報はあっという間に全乗員の間に拡がった。

「機動部隊が全滅したらしい」

「日本軍の主力部隊がこっちに向かっているそうだ」

「その高速潜水艦もやって来るのか？」

「一体、俺たちはどうなるんだ？」

世界最強と信じて疑わなかった第五十八任務部隊をわずか三十分足らずで壊滅させた敵艦隊の力を想像して乗員達は震えあがった。

予想もしなかった最悪の事態に司令部には怒号がとびかった。

「機動部隊が全滅では我々に勝ち目はないぞ！　高速潜水艦だけじゃない！　そもそもミッチャーが相手をするはずだった敵の機動部隊がもう攻撃圏内に来ているはずだ！」

既にインディアナポリスのスプルーアンス長官から第五十八任務部隊による上陸部隊の援護はもはや事実上不可能で、以後、上陸支援部隊が自力で対応するようにとの指示がきている。

幕僚達の間でもこの期に及んでは撤退やむなしという声が出始めている。

「これからどうするんだ！　撤退するのか！　しないのか！」

緊急司令部会議は紛糾した。

勝ち目がなければ撤退するという判断は米軍にとっては至極当然だが、話はそう簡単ではない。

十五日以降、ホランド・スミス中将指揮の海軍第二海兵師団、第四海兵師団、陸軍第二十七歩兵師団の六万人を超える部隊が上陸。既に日本軍と三日にわたる死闘を繰り広げているのだ。

「予備の陸軍部隊まで含めて全部隊がすべて上陸済だ。今から撤退なんて不可能だ！」

テリブル（恐怖の）ターナーの異名を持つターナー中将が怒鳴った。

「ここには七隻の戦艦と五十隻近い駆逐艦がいる。艦隊の防御火力は強力だ。護衛空母の航空支援もある。そうやすやすとやられることはない！」

幕僚の一人が撤退不要論を主張した。

上陸支援部隊は旧式戦艦部隊を主力とする火力支援艦隊と護衛空母群を主力とする空母支援艦隊の二つで構成されている。空母支援艦隊は遠く離れたマリアナ諸島東方海上にいるが、火力支援艦隊の多数の艦艇はロッキーマウント周辺の海上を埋め尽くしている。

上陸部隊火力支援艦隊（オルデンドルフ少将指揮）

戦艦（旧式戦艦）七

メリーランド、コロラド、テネシー、カリフォルニア、ペンシルベニア、アイダホ、ニューメキシコ

重巡　一

ルイビル（旗艦）

軽巡　二

ホノルル、セントルイス

駆逐艦（戦艦随伴）二十七

ルメイ、ノーマン・スコット、マーツ、ワドレイ、ロビンソン、ベイリー、

アルバート・W・グラント、ハルゼイ・パウエル、コグラン、モンセンⅡ、マクゴーワン、メルビン、マクダーマット、マクネーア、ヤーノール、トワイニング、ストックハム、フラム、ゲスト、ベネット、ハドソン、ハルフォード、アンソニー、ワズワース、テリー、ウィリアムソン

駆逐艦（上陸船団護衛）十四

フェルプス、ショー、プリチェット、フィリップ、コニー、カニンガム、レンショー、バッグレイ、マグフォード、ニューカム、ベニオン、ヘイウッド・L・エドワーズ、ブライアント

駆逐艦（掃海）五

ハミルトン、チャンドラー、ゼイン、パーマー、ハワード

「だが、無傷の日本軍機動部隊の最初の目標は護衛空母群だろう。彼らも自分たちの防御で手一杯のはずだ。こっちに戦闘機を回す余裕はない。それに、まだ敵航空部隊だけなら我々だけで何とか防ぎきることも出来るかもしれないが、高速潜水艦が現れたらどうするんだ。戦艦部隊だってそのうちやってくる。ここで下手に抵抗するのは自殺行為だ！」

別の幕僚が反対論を述べた。

「これだけの艦隊がいて尻尾を巻いて逃げるのか！」

敢闘精神旺盛な水陸両用軍団司令官、ハウリング（吠える）スミスことホランド・スミス海兵

隊中将が喚いた。

「敵機動部隊と戦艦部隊は無傷です。ここにいる上陸支援艦隊だけでは歯が立ちません。艦隊がやられれば七万の上陸部隊が孤立します！」

　意見は真二つに割れた。

「とにかくまず、テニアン、グァム周辺の全艦艇をサイパンに呼び戻し全艦艇を集結させろ！　護衛空母群には最高レベルの警戒警報を出せ！」

　ターナー中将が指示した。

「撤退については我々が勝手に決められん！　スプルーアンスに明確な指示を出させる！」

昭和十九年 六月十九日 〇九〇〇
サイパン西方 第五艦隊旗艦インディアナポリス

スプルーアンス長官の乗る第五艦隊旗艦インディアナポリスの他、日本軍高速潜水艦から逃げ出した約十隻の巡洋艦はそれぞれ単艦で東方への航行を続けていた。目的地は上陸支援艦隊が集結するサイパン西方沖である。

「ミッチャー中将から報告です。すべての空母と戦艦が航行不能。どの艦も復旧の見込みは立っていません。今のところ高速潜水艦からの攻撃は止んでいますが、日本機動部隊から来たと思われる偵察機が複数接触してきているとのことです」

スプルーアンスに幕僚の一人が報告した。

「潜水艦はなぜ攻撃してこない？」

スプルーアンスが苛立つように言った。

「空母も戦艦ももはや動かない巨大な的だ。あの高速潜水艦ならその気になればいつでも沈められるはずではないか？」

しばらくの静寂の後、一人の幕僚が言った。

「おそらく水上艦部隊の到着を待って、損傷艦を鹵獲するつもりでしょう」

スプルーアンスは大きく息をついた。

「その通りだ」

初めてその事に思い至った幾人かの幕僚は青くなった。言われてみれば確かにその通りだ。わずか数時間前、日本軍を圧倒する戦力を誇っていた機動部隊が鹵獲されることなど彼らにはまったく考えが及ばなかった。ここまでの大混乱のせいで百八十度状況が変わった今となってもまだ十分に頭が切替えられていない。

スプルーアンスは幕僚達に意見を求めたが、機動部隊の主要艦艇のすべてを失った今、発言は悲観的なものばかりだった。

スプルーアンスは沈痛な面持ちで言った。

「残念だが主力艦がすべてやられてしまっては大敗北を認めざるを得ない。我々が戦うはずだった日本軍機動部隊を無傷で残したまま、さらに超高速潜水艦という未知の新兵器まで相手にするなどどう考えても不可能だ」

彼は言葉を切りしばらく沈黙した後、こう続けた。

「我々は日本軍を侮っていた。彼らは秘密兵器を隠し持ち我々を待ち構えていた。そして……見事にしてやられたのだ。今、我々に出来うることは損害を少しでも小さく抑えること、もはやそれだけしかない」

スプルーアンスは昂ぶる感情を抑えつけるように淡々と続けた。

「まず必要なのは損傷艦の処置だ。敵艦隊は大戦果の報告を受け、既にミッチャーの機動部隊目指して突き進んでいるはずだ。接近はおそらく今夕刻から夜にかけてだろう。大敗北の上、さらにこれだけの艦艇が鹵獲されたらそれこそ目も当てられん。敵艦隊がやってくる前に復旧出来ないなら先に我々の手で沈めるしかない」

「航行不能な艦の乗員を何とかして駆逐艦に移乗させるのだ」

スプルーアンスが言った。

「とても無理です！　機動部隊は敵高速潜水艦の監視下にあります。今のままでは駆逐艦の接舷は出来ません。艦載艇で移動するにも艦も乗員もあまりに数が多過ぎます！」

参謀長のムーア大佐が指摘した。

搭載機が多く対空防御とダメージコントロールに力を入れている米空母の乗員は多い。エセックス級の正規空母では三千名を超える。

「分かっている。だが他に方法はない。とにかくミッチャーに指示を出すんだ」

「イェッサー！」

幕僚の一人が一瞬躊躇し、すぐに踵を返して司令部を飛び出していった。

昭和十九年 六月十九日 〇九一〇
南西太平洋 第一機動艦隊 攻撃隊発進

敵機動部隊の壊滅が確実になった直後、勝利を確信した第一機動艦隊首脳部の方針は徹底的に戦火を拡大する方向で一致していた。攻撃目標は急遽、マリアナ諸島東方の米護衛空母群とサイパン西岸沖の上陸支援艦隊に切替えられ、護衛空母群には空母艦載機攻撃隊が、そして上陸支援艦隊には大和、武蔵以下の主力戦艦を擁する前衛の第二艦隊がそれぞれあたることが決められた。

高速で東に航行中の第一機動艦隊はマリアナ諸島の西南西千キロ余りの位置にいるが、そのマリアナ諸島からさらに東方に三百キロ近く離れた米護衛空母群は直接攻撃するには遠過ぎる。そこで司令部は攻撃隊を一旦すべてグアムの飛行場に移動し、そこから護衛空母群攻撃に向かわせることにした。

九時過ぎ、全九空母の攻撃隊は発艦を開始した。風向きは東だ。東方へ航行を続ける空母群の艦首は自然と風に立つ。第一機動艦隊は速度を上げると次々と攻撃隊を発進させた。行く先はグアムの第一、第二飛行場である。

グアムの第一飛行場は今年二月に、第二飛行場は四月に完成した。更に第三、第四飛行場も計画中だがこちらは未完成だ。航空戦力の配備も進み最大六十機あまりがグアムに配備されていたが、南方方面への戦力引き抜きが続いて数が減り、残ったわずかな航空機も十一、十二日の空襲で全機撃破されていた。ようやく前日に約四十機がヤップから移動してきて基地航空部隊として展開している。

まず第二艦隊の小型空母三隻から六四機が発進した。

第三航空戦隊 空母：瑞鳳、千歳、千代田

戦爆連合六四機（零戦十四機、爆装零戦四十三機、天山七機）

続いて第三艦隊の主力空母群から一次攻撃隊一七七機が発進した。

甲部隊 一航戦 空母：大鳳、翔鶴、瑞鶴

戦爆連合一二八機（零戦四十八機、彗星五十三機、天山二十九機）、

乙部隊 二航戦 空母：隼鷹、飛鷹 小型空母：龍鳳

戦爆連合四九機（零戦十七機、爆装零戦二十五機、天山七機）

やや遅れて再び第三艦隊の主力空母群から二次攻撃隊として五十機が発進した。

甲部隊 一航戦 空母：大鳳、翔鶴、瑞鶴

戦爆連合一八機（零戦四機、零戦爆戦十機、天山四機）、

乙部隊 二航戦 空母：隼鷹、飛鷹 小型空母：龍鳳

戦爆連合五〇機（零戦二十機、九九式艦爆二十七機、天山三機）

総数二百九十機に及ぶ大戦爆連合は一斉に東へ向かった。

昭和十九年 六月十九日 一〇一五
サイパン西方 第五十八任務部隊 駆逐艦部隊

機関停止状態のレキシントンから艦載艇で駆逐艦ガトリングに移乗したミッチャー中将は戦闘の主導権を取り戻すため、全駆逐艦に護衛任務を放棄させ全力で対潜戦闘を行うよう指示した。これまでの戦闘から護衛任務は実質的に不可能とはっきりしているうえ、主力艦の鹵獲が日本軍の目的ならこれ以上攻撃してくる可能性は低いと考えられたためだ。

だが、既に目的の攻撃を終えた潜水艦群は身動きがとれなくなった艦隊を遠巻きにして接近しては来ない。このため指示を受けた総計六十隻近い駆逐艦は日本軍高速潜水艦攻撃のため一斉に動き出した。

日本海軍がこれまでも高性能の酸素魚雷を運用してきたことは米軍も知っている。このため第五十八任務部隊の司令部でも高速潜水艦が大容量の酸素タンクを搭載しているのではないかと気付き始めていた。

「水中三十ノットの高速がいつまでも続くはずはない。高速で追い回して消耗させせろ」

ミッチャー中将は指示を出した。

「接近すると水中からの攻撃がくるのではありませんか？」

駆逐艦テリーのフェラン艦長が司令部からの作戦の意図を説明すると副長が懸念を口にした。

「潜水艦も停止状態からあの攻撃は出来まい。自艦がダメージを被る。我々は高速で急接近し潜水艦があわてて動き出したら追うのをやめる。これを繰り返せば向こうは常に動き回らざるを得ん」

「もし突っ込んできたらどうします？」

「すぐ回避だ。本艦が全力加速すればさすがについてはこれまい」

フレッチャー級駆逐艦は三十六・五ノットの高速を誇る。

テリーは行動を開始した。

「左舷前方方位二十度、距離千五百、深度二十です」

ソナー員がアクティブソナーを確認して報告した。

「駆逐艦など怖くないということか？」

深度二十と聞いた艦長は唸った。

目の前の潜水艦は自艦の位置が暴露していることを間違いなく知っている。知った上で浅深度に堂々と居座っているばかりか時折潜望鏡を上げこちらを監視しているのだ。

「よし爆雷投下用意。調停深度二十メートル。直ちに攻撃に移る」

テリーは潜水艦に向かって加速し始めた。

「ソナー員は潜水艦の監視を継続しろ」

速度が上がるとソナーの性能が落ちるが、ほぼ停止状態の僚艦ブレインが目標を継続監視している。潜水艦にわずかでも動きがあれば発光信号と無線でテリーに即時連絡がくることになっている。

だが、テリーが千メートルまで接近しても潜水艦は動く気配がない。

一体どうするつもりだ？　とフェラン艦長は思った。

動かなければただの的だ。

「逃げんのなら爆雷を叩きつけるまでだ」

艦長は強気を装ったが内心の不安は拭えない。

双方の距離は急速に縮まっていく。

何故動かん？　艦長が再びそう思った時、ソナー員から連絡がきた。

「潜水艦機関始動！」

ほぼ同時にブレインからも潜水艦が動き出したとの通報がきた。

「潜望鏡上がりました！　向かってきます！」

「機関全速、面舵一杯！　回避だ！」

艦長は即座に指示した。

エンジンテレグラフの鐘が鳴り響き、テリーは右に向きを変えながら一気に加速していく。

「潜水艦接近します。推定二十五ノット！　距離三百！」

「何！」

艦長は慌てた。

「いくら何でも早過ぎないか！」

機関始動の報告からからまだわずか二十秒だ。

呂二百型潜水艦の全長はフレッチャー級駆逐艦の約半分、艦の大きさで言えばほぼ三分の一だ。そして小型の酸素機関は始動後数秒で最高出力点に達する。最高速が同じでも加速は桁違いだ。

あっと言う間に距離が詰まる。

「接近します！　回避間に合いません！」

副長が叫んだ。

テリーがようやく九十度回頭した時、潜水艦は既にその目の前に迫っていた。潜水艦は急速回頭を続けるテリーの艦首前方に高速で突っ込んでくる。

百五十メートル手前で潜望鏡は水中に没した。

「機雷が来るぞ！」

誰かが叫んだ。

「取舵一杯！　急げ！」

艦長は咄嗟に逆方向への転舵を指示した。

これが功を奏した。

急旋回していたテリーが一気に艦首を戻した数秒後、轟音とともに巨大な水柱が右舷前方に連続して立ち上がり物凄い衝撃が艦を揺すった。

巨大なスクリーンのような水の壁が消えた時、テリーはまだゆっくりと動いていた。その艦首は大きく左に曲がっていたが、どうやら最悪の事態だけは避けられようだった。

攻撃に参加した駆逐艦のおよそ半数が撃沈または行動不能となった時点で、残存駆逐艦は潜水艦への接近を中止した。

「敵潜水艦は我々よりはるかに機動力が上です！　とても対抗出来ません！」

各輪形陣の司令官のもとに艦長達から悲鳴のような通報が続々と届いた。

もはや駆逐艦ですら日本軍の高速潜水艦にまったく歯が立たないのは明らかだった。

昭和十九年　六月十九日　一一〇〇
サイパン西方　第五艦隊旗艦インディアナポリス

サイパンへの航行を続けるインディアナポリスでは上陸部隊の処置について徹底抗戦論と撤退論の激論が交わされていたが、議論が長引くにつれ形勢は徐々に撤退論へと傾いていった。

徹底抗戦論の意見は現陸上戦力の優勢や撤退の困難さを強調するものばかりでその後の見通しがまったくない。確かに既に上陸部隊が日本軍主力を潰走させた今、短期的には陸上部隊のみでもサイパン全島の占領が可能という見方もあった。だが、孤立した上陸部隊がやがて窮地に陥るであろうことは火を見るよりも明らかだった。サイパン陸上での戦闘を継続した場合のことを考えればあまりに問題が多すぎた。機動部隊戦力を完全に喪失した今、制海権、制空権を確保する手段として残されているのは上陸支援の旧式戦艦部隊と護衛空母部隊だけである。さすがにこれだけでは日本軍主力艦隊に対抗することが出来るとは到底思えなかった。そして最大の問題となるのはやはり日本軍の高速潜水艦だった。つい先ほど、最後の期待をかけて行った駆逐艦部隊による総攻撃が惨憺たる結果に終わったとの報告がミッチャー中将から届いている。この恐るべき潜水艦が付近にいる限り、今後米海軍はまったく身動きがとれないのである。

三十分後、意見が出尽くしたのを見てスプルーアンスが断を下した。これ以上時間を無駄にすることは出来ない。

「ただちに撤退命令を出す。日本艦隊がやってくる前に全上陸部隊を撤収する」

沈黙する幕僚達を前にスプルーアンスは続けた。

「撤退が困難なのはもちろん十分承知している。だが残念ながらフォーリジャー作戦の継続はもはや不可能だ。今回の作戦には現在参加可能なすべての空母、戦艦を投入したが、機動部隊の壊滅でその大半が失われた。たとえ今の半分の規模であったとしても再び強力な機動部隊を作り上げるには今後数年かかるだろう。つまり、それまで上陸部隊に対し一切の支援が出来ない。それだけではない。高速潜水艦対策だけでもどんなに早くても半年はかかる。その間六万を超える兵員にまともに補給すら出来ないのだ」

彼は現在漂流中の機動部隊主力艦艇すべてがもし日本軍に鹵獲されたら一体どういうことになるかについてはあえて触れなかった。それについてはもう考えたくもなかった。

スプルーアンスは自らに言い聞かせるように淡々と語った。

「日本軍主力部隊は未だ無傷だ。今撤退せねば、たとえ当面占領が維持できたとしても上陸部隊が全滅するのは時間の問題だ。ニミッツには私から報告する。ターナーに全上陸部隊の撤収を通知せよ」

昭和十九年 六月十九日 一一一〇
サイパン沖 揚陸指揮艦ロッキーマウント

十一時過ぎ、揚陸指揮艦ロッキーマウントの司令部会議室でターナー、スミス両中将の激しい言葉の応酬が繰り広げられている最中、一人の通信部員が会議室に飛び込んで来た。

出席者は一斉にそちらを見た。

「スプルーアンス長官からの通信です。『直ちに全上陸部隊を撤収せよ』とのことです」

その通信部員は手にした紙片を読み上げた。

一瞬、重苦しい沈黙が会議室内の空気を支配した。

ターナー中将は通信部員から紙片をひったくってそれを見た。

「これだけか？」

ターナー中将が通信部員に聞いた。

「イエス・サー！」

出席者に振り向いたターナー中将は真っ赤な顔で怒鳴った。

「全上陸部隊と支援部隊は直ちに撤収作業に入れ！　全艦艇をチャランカノア沖に集結、兵員輸送に使える艦艇で使えるものはすべて使え！　輸送艦も戦車揚陸艦もすべてだ！　定員は無視、乗れるだけ乗せろ！　撤収は兵員のみ、それ以外は兵器類も含めすべて放棄！　迅速な撤収が最優先だ！」

もう誰も、スミス中将ですら異論を差し挟もうとはしなかった。

午後二時半、壊滅した機動部隊から逃走してきた第五艦隊旗艦インディアナポリスを含む多数の巡洋艦が上陸支援艦隊に加わった。

昭和十九年 六月十九日 一一二〇
サイパン南端 ナフタン半島

六月十九日朝、サイパンの米陸上部隊はほぼ占領を終えた南部地域で残存日本軍部隊の掃討作戦を続けていた。上陸開始から二、三日で米軍部隊はかなりの死傷者を出したものの、揚陸した大量の兵器で戦力を充実させた今では、戦闘は敵残存部隊の一方的な殲滅作戦へと変わりつつある。南東部ナフタン半島の日本軍陣地には残存兵が立て籠もり激しい抵抗を示しているが既に制圧は時間の問題と見られている。

半島の攻略部隊は一時間ほど前の十時過ぎに上陸軍総司令部から当面積極的な攻撃を控えるようにとの不可解な指示を受けた。彼らは包囲の態勢を維持したまま待機していた。

そんな中、突然司令部から撤退命令がきた。

「何だと!」

命令を聞いたマッカーシー少佐は耳を疑った。

「即時撤退? そんな馬鹿な!」

その声に戦闘指揮所にいた全員が一斉に振り向いた。

全員が通話中の少佐の方を注視している。

しばらくやり取りを続けた少佐は無線の送話器を置いた。

「今朝方、機動部隊主力が日本軍新型潜水艦の奇襲を受けて全滅したとのことだ。総司令部はサイパン撤退を決定したそうだ」

少佐は唇を歪めて指示の内容を説明した。

「楽勝だという話じゃなかったのか？」

周囲の一人が心配そうに聞いた。

「どうも惨憺たる有様らしい。既に日本軍機動部隊と戦艦部隊が急速に接近中とのことだ。護衛空母の艦載機も自艦隊防衛任務ですべて引きあげたそうだ」

数分後には様々な憶測が全兵員の間をとびかう中、慌ただしく部隊の撤収が始まった。

一方、米軍の大部隊に包囲され完全に孤立した日本軍部隊は激しい攻撃が突然止んだのを総攻撃の予兆ではないかとみて敵の動きを警戒していた。既に部隊の全員が死を覚悟しそれぞれ敵に最後の一矢を報いる決意を固めている。

だが、敵の攻撃はなかなか再開しない。

「ずいぶんと焦らしてくれるじゃないか」

そんな軽口を叩くものもいた。皆これから一緒に死ぬ仲間だ。

だが十分が過ぎ、やがて二十分になっても敵の攻撃は再開しなかった。最初は別方向からの攻撃が始まるのではないかと警戒を続けていた将兵達も三十分、一時間と静まり返り何の動きも見えなくなった敵陣の様子に不審を抱き始めていた。

やがてタポチョ山に後退した日本軍守備隊本隊の司令部から一報がもたらされた。

サイパン南端 ナフタン半島

高台に作られた仮設の電信小屋でその電文を処理した通信兵は『米機動部隊壊滅』まで解読して息を呑んだ。続いて『敵上陸部隊撤退を開始』が判明した段階で顔から血の気が引いた。通信兵はもう一度同じ暗号解読手順を繰り返した。さらにもう一度。

通信科の中尉は傍らの兵の様子がおかしいことに気付いた。

「おい、どうした？」

通信兵は手元の通信文らしきものをくい入るようにじっと見つめている。

「これか？」

そう言って中尉はその紙片に手を伸ばした。

今更どんな連絡がきたところで何が変わるわけでもあるまい……。

そう思いつつ、おざなりに文面に目を走らせた中尉の顔色がさっと変わった。

「こ、これは……」

慌てて読み返した中尉は通信兵を怒鳴りつけた。

「間違いないのか！」

「間違いありません。二度確かめました」

通信兵は震える声で返事をした。

その時、中尉ははっと気付いた。

だからあの猛攻が止んだのだ。

中尉は紙片を握り締め、血相を変えて小屋から飛び出していった。

南北に長いサイパン島は東西は最大でも四、五キロメートル程度の幅しかない。上陸地点の西側海岸まで東岸からでも普通に歩いて一時間ほどで、残存日本兵を警戒しながら進んでも二時間はかからない。だが、問題はそこから先である。

チャランカノア海岸では慌ただしく撤収作業が進められていたが、既に海岸には夥しい数の兵が集まり砂浜を埋め尽くしている。海上では今や上陸船団から撤退船団へと変わった沖合の艦船と海岸との間を多数の小型艇が全速力で行き来していた。

昭和十九年　六月十九日　一四〇〇
サイパン西南西　戦艦部隊分離

東北東にほぼ五時間半の高速航行を続けた第一機動艦隊は午後二時、マリアナ諸島西南西五百五十キロ、米機動部隊から西方二百二十キロの地点に達した。

長時間の高速航行による燃料消費増大ももはや無視されている。敵艦隊さえいなくなれば帰路の燃料など後で何とでもなるのである。

第一機動艦隊はここでサイパン西岸沖の上陸支援艦隊攻略のため、栗田長官率いる戦艦大和、武蔵を擁する前衛の第二艦隊を分離した。

既にここまでの航行中に水上戦闘で足手まといとなる千代田、瑞鳳、千歳の三空母が第二艦隊から小沢長官率いる本隊の第三艦隊へと移され、逆に水雷兵装を持つ軽巡一、駆逐艦七が新たに第二艦隊に加わっている。

純然たる水上戦闘部隊となった第二艦隊は第一機動艦隊を離れ、サイパンへの進撃を開始した。

昭和十九年 六月十九日 一四一〇
グアム飛行場 攻撃隊発進

発艦から四時間近い飛行を続けた空母艦載機の戦爆連合は午後一時頃、グアムの第一、第二両飛行場に順次到着した。戦闘機を除く全機は爆弾や魚雷を抱いたまま慎重に着陸を行った。通常、空母着艦は安全のため未使用の爆弾や魚雷は投棄してから行うのだが、再搭載する物も時間もない今回選択の余地はない。もちろん、陸上基地なら空母着艦時ほどの危険はないとの判断があってのことである。

多数の給油車が慌ただしく走り回り燃料補給を続けている間、搭乗員は作戦の最終確認を行い、地上での束の間の休息をとった。

敵護衛空母部隊の位置は基地航空隊の複数の索敵機から詳細な報告が入ってきている。

一時間後、全機が再び空に舞い上がった。

攻撃完了後はこのグアム基地に戻るよう指示が出ている。帰路の目印は南北に長いマリアナ諸島だ。日はまだ高い。海上の点である空母への帰艦に比べれば心理的な負担もはるかに小さい。

搭乗員達は攻撃に専念することが出来る。

戦爆連合は米護衛空母群を目指して進撃を開始した。

昭和十九年 六月十九日 一五〇〇
サイパン沖 旧式戦艦部隊

サイパン島西方の海上にはオルデンドルフ少将率いる上陸部隊火力支援艦隊の五十隻近い艦艇が集結していた。艦隊にはチャランカノア海岸で撤退作業を行っている護衛や掃海専門の一部の駆逐艦を除くほぼすべての戦闘艦が参加している。主力は十六インチ砲八門搭載のメリーランドとコロラドの二隻を中心とする七隻の旧式戦艦である。機動部隊から離脱してきた巡洋艦群も加わった艦隊は大部隊となっていた。

日本軍戦艦部隊のサイパンへの接近は明朝が予想されている。数にものをいわせて何とかこの艦隊を阻止しようというのである。

旧式戦艦部隊（オルデンドルフ少将指揮）
　戦艦（旧式戦艦）七
　　メリーランド、コロラド（十六インチ砲搭載）
　　テネシー、カリフォルニア、アイダホ、
　　ニューメキシコ、ペンシルベニア（十四インチ砲搭載）
　重巡　五（うち四隻は第五十八任務部隊から合流）

インディアナポリス（第五艦隊旗艦）、ルイビル（上陸部隊火力支援艦隊旗艦）、
ボルチモア、ニューオーリンズ、サンフランシスコ
軽巡 九（うち七隻は第五十八任務部隊から合流）
ホノルル、セントルイス、オークランド、サンタフェ、サンファン、クリーブランド、
バーミングハム、ヴィンセンス、ヒューストン
駆逐艦 二十七
ルメイ、ノーマン・スコット、マーツ、ワドレイ、ロビンソン、ベイリー、
アルバート W グラント、ハルゼイ・パウエル、コグラン、モンセンⅡ、
マクゴーワン、メルビン、マクダーマット、マクネーア、ヤーノール、
トワイニング、ストックハム、フラム、ゲスト、ベネット、ハドソン、
ハルフォード、アンソニー、ワズワース、テリー、ウィリアムソン

第五艦隊旗艦インディアナポリスもこの艦隊に加わっている。スプルーアンス自身が大きな危険が予想されるこの戦闘に参加することには多くの幕僚が反対したのだが、彼は聞き入れなかった。彼にしてみればもはや大失敗が決定的となったフォーリジャー作戦の責任問題の上に、さらに最後の戦闘で『逃げた』という汚名まで負わされたくはなかったのである。

即席の迎撃艦隊は艦艇数こそ多いものの、どうしても急造の寄せ集め感は否めなかった。

主力となる戦艦は七隻すべてが艦齢二十年を超える老朽艦で速度が最大二十一ノットと遅く艦

隊行動の制約となる上、ここ数日の艦砲射撃で砲弾が残り少なくなってきている。砲弾の不足は他の多くの艦艇にしても同様で全力射撃を続ければ長くはもたない。また、今回の作戦で彼らに課せられていたのは上陸船団や艦隊防空任務で、水上艦同士の戦闘が起きる事などほとんど考えられておらず訓練もおざなりにされていた。

日本軍高速潜水艦の出現を危惧する声もあった。だが、これについては対抗手段もないため水上艦隊に随伴する航続力はないだろうという楽観的な判断で目をつぶらざるを得なかった。もし現れたら逃げるしかない。

困ったのは索敵に使える航空機がなく敵艦隊の動向をまったく掴めないことだった。残るわずかな航空戦力である護衛空母群艦載機は自艦隊防衛のため東方海上に去った。やむを得ず艦隊司令部は多数の駆逐艦をサイパン西方百五十キロの海域に展開し、搭載レーダーで日本艦隊の接近を探知することに決めた。

昼頃から索敵目的と思われる複数の日本軍機が断続的に艦隊に接触を繰り返してきている。撤退作業が続けられているチャランカノア海岸にもグアム方面から来たと思われる日本軍機が数機単位で現れては機銃掃射や小型爆弾で妨害活動を仕掛けてくる。だが、制空権を失った米軍はもはやそれらに対する有効な反撃の手立てを持たなかった。

昭和十九年 六月十九日 一六〇〇
マリアナ東方海上 護衛空母部隊

護衛空母群を率いるボーガン少将の司令部は戦々恐々としていた。

早朝に届いた第五十八任務部隊壊滅の情報は既に全乗員が知っている。また、無傷の日本軍機動部隊は最低でも四百機以上を有し、さらにグアムにもまだ数十機が残っていると推測されていた。もはやこの大航空勢力を押し留めるものは何もない。少なくともこの内の大半がこの護衛空母部隊目掛けて押し寄せてくることが予想されていた。

これまで護衛空母群はマリアナ諸島の基地から飛来する日本軍機の散発的な攻撃を受け一部に損傷艦はだしたものの何とかしのぎ切り撃退してきた。しかし今度はこれまでとわけが違う。護衛空母は日本軍機動部隊主力と戦うことなど想定していない。現時点で使用可能な機はすべて艦隊に呼び戻し、東方への退避を続けながら迎撃態勢を整えてはいるが、見通しは明るくない。

マリアナ東方海上 上陸部隊空母支援部隊 （ボーガン少将指揮）
　護衛空母 （Ｆ４Ｆ戦闘機十六機、ＴＢＦアベンジャー雷撃機十二機搭載） 六
　　ミッドウェイ、ホワイトプレインズ、キトカンベイ、ガンビアベイ、
　　コレヒドール、コーラルシー

駆逐艦　十二
カッシン・ヤング、アーウィン、ロス、ポーターフィールド、キャラハン、
ロングショー、ロウズ、モリソン、ベンハムⅡ、バラード、キッド、チョーンシー

輸送船団の護衛目的に作られたカサブランカ級空母は満載排水量一万四百トン、全長百五十六メートル、速力十九・二五ノットの小型低速空母だ。すべてＦ４Ｆワイルドキャット戦闘機十六機、ＴＢＦアベンジャー雷撃機十二機ずつを搭載する。だが、戦闘機の定数が六隻で九十六機なのに対し、日本軍基地航空隊との戦闘などによる損耗で現状迎撃に使えるのは実質八十機程度となっている。

零戦と同じ千馬力級エンジン搭載のＦ４Ｆは米軍艦載機としてはひと世代前の戦闘機で機動部隊所属の二千馬力級Ｆ６Ｆと比べると戦闘力で明らかに見劣りがする。

「来ました！」

午後四時六分、ホワイトプレインズのレーダー員が叫んだ。

「方位二百四十度、距離百四十キロに敵編隊！　大編隊です！」

「戦闘機隊全機発進！」

ウェラー艦長の指示で飛行甲板で待機していた十数機のＦ４Ｆ戦闘機が次々と発進した。あっという間に発艦を終えた全機は編隊を組み、他艦の機とともに急速に高度を上げて西の空に突進していく。

攻撃隊の前方上空に位置する直援零戦隊は正面から接近してくる敵戦闘機群を発見した。直援戦闘機の搭乗員には比較的実戦経験豊富なものが多く中には歴戦の猛者もいる。百機近い直援零戦隊は降下しながら一気に速度を上げて前に出ると攻撃隊に向かおうとする米軍機に襲い掛かった。

上空からの攻撃をかわそうと向きを変えた米軍機の間を攻撃隊は全速で突き抜けていく。多数の直援機相手に手一杯の米軍機には対応出来ない。数的劣勢で散々苦杯をなめさせられてきたこれまでの戦闘とは状況がまったく逆になっていた。

数分後、前方海上に敵艦隊を発見した攻撃隊は六隻の小型空母を目掛けて殺到した。一番手の部隊が先頭艦を目標に選んだのを皮切りに、残りの部隊も艦隊周囲を廻りながら目標艦を決め、二十～二十五機ずつ編隊から分離していく。

艦隊周囲の上空はあっという間に雲霞のような日本軍機で覆い尽くされた。

護衛空母群は周囲を取り巻く十三隻の駆逐艦とともに日本軍機に向け対空射撃を開始した。上空から接近する爆撃隊と低空を侵入する雷撃隊に対しまず長射程の五インチ砲が、続いて中射程の四十ミリ機関砲が全力射撃を始める。

カサブランカ級空母　対空兵装
長射程：三十八口径五インチ単装砲×一門
中射程：ボフォース四十ミリ連装機関砲×八基

短射程：エリコンＳＳ二十ミリ単装機関砲×二十基
フレッチャー級駆逐艦　対空兵装
長射程：三十八口径五インチ単装砲×五門
中射程：ボフォース四十ミリ連装機関砲×五基
短射程：エリコンＳＳ二十ミリ単装機関砲×五基
各発射速度
三十八口径五インチ単装砲：毎分十二〜十五発
ボフォース四十ミリ連装機関砲：毎分百二十発
エリコンＳＳ二十ミリ単装機関砲：毎分二百五十〜三百二十発

数十門の対空砲が間断なく打ち上げる火ぶすまとなった弾幕に数機が火を噴くが、それ以上に攻撃隊は数が多い。大多数の攻撃機は高速で弾幕をすり抜け次々と接近してくる。

編隊全機が一斉に急降下してくる。爆撃機は上空から次から次に降ってきた。

二列に並んだ護衛空母群は既に全速で回避運動を始めている。

中団右に位置するキトカンベイは左に急旋回しながら二十基の二十ミリ機関砲を撃ちまくった。

だが、狙いは高速で迫る多数の機に分散しなかなか命中しない。そのうち、前方を行くミッドウェイに突き刺すような角度で降下する機から次々と投弾が始まった。低速軽装甲の護衛空母は回避能力も防御力も不十分だ。多少有利な点があるとすれば的が小さいことぐらいである。

マリアナ東方海上　護衛空母部隊

「ミッドウェイに命中弾！」

見張り員の声があがるがもはやそれどころではない。

耳を弄する対空砲火の轟音のなか、キトカンベイにも投弾が始まった。艦長の必死の操艦で最初の二弾は何とか至近弾でしのいだものの三弾目が艦の中央付近に命中した。護衛空母の薄っぺらな甲板を易々と貫通した爆弾は艦底付近で爆発し機関区に重大な損傷を与えた。さらに連続して艦尾付近に二発の爆弾を受けたキトカンベイは右舷に傾きながらゆっくりと停止した。

撃墜される機も少なくないものの数を頼みに猛攻を続ける日本軍攻撃隊は護衛空母群に着実に命中弾を与えていく。三十分後、ガンビアベイとコレヒドールの二艦は海上からその姿を消し、他の四艦も完全に航行機能を失っていた。

昭和十九年　六月十九日　一九〇〇
サイパン西方　米機動部隊制圧

第二艦隊を分離した小沢長官率いる第一機動艦隊はさらに東北東へと進み、日が落ちる頃に米機動部隊西方五十キロの地点まで接近していた。既に周囲は月明かりだけとなっているが、あと二十キロも進めば敵艦隊が姿を現すはずだ。

「これより敵機動部隊主力艦の制圧を開始する」

小沢長官の指示が出た。

呂二百部隊の攻撃で行動不能となり、乗員の退艦も自沈も出来ないまま身動きが取れなくなった二十隻余りの敵機動部隊主力艦をこれから鹵獲しようというのだ。

第一機動艦隊（第三艦隊）
　第一航空戦隊（旧本隊甲部隊、小沢中将直率）
　　空母　　三　大鳳、翔鶴、瑞鶴
　　重巡　　二　第五戦隊（橋本信太郎少将）重巡：妙高、羽黒
　　駆逐艦　四　第六十一駆逐隊：初月、若月、秋月、付属：霜月
　第二航空戦隊（旧本隊乙部隊、城島高次少将）

空母　二　隼鷹、飛鷹
小型空母　一　龍鳳
戦艦　一　長門
重巡　一　最上
駆逐艦　四　第二十七駆逐隊（第二水雷戦隊）：時雨、五月雨
　第二駆逐隊（第二水雷戦隊）：秋霜、早霜

第三航空戦隊（旧前衛部隊、大林末雄少将）
　小型空母　三　瑞鳳、千歳、千代田

敵機動部隊の状況はこれまでに延べ百機近い偵察機による情報で個艦の位置からそれぞれの損傷状態まで逐一判明している。既に艦位置を示した詳細図が出来上がっている。

元々五十キロ四方以上の海域に展開していた大部隊はさらに八十キロ四方にまで大きく広がり集結することもままならない。動けない損傷艦はバラバラに漂流している。護衛の駆逐艦が一、二隻ずつその周囲を警戒している。

「一隻ずつ順に武装解除を行う。まずは大型空母、次に小型空母、最後が戦艦だ」

小沢長官は目立って突出した位置にいる大型空母を最初の目標とするよう命じた。

「護衛の駆逐艦を排除せよ」

レーダーで大型艦多数の日本艦隊の接近を早々に探知していた米艦隊は恐怖に駆られ、大半が

空母の第一機動艦隊を戦艦多数の強力な水上戦闘艦部隊と誤認していた。鹵獲が目的と考えられる主力艦にはいきなり砲撃することはないだろうと思われたが駆逐艦についてはそうはいかない。長門と四隻の重巡が接近し二隻の随伴駆逐艦に砲を向けると二隻は泡を食って逃げ始めた。

周囲にはまだ高速潜水艦がいる。昼間のうち彼らは上空に順次飛来する多数の日本軍機と連携をとり、不審な動きを見せる艦の動きを妨害した、時折、潜望鏡を上げ示威行動をとる高速潜水艦に駆逐艦群も為す術がなかった。ほぼ航行不能となった主力艦をもはや救うことは出来ない。勝ち目のない戦いで無駄に抵抗すれば余計な犠牲が増えるばかりだ。空母の乗員達は絶望的な気持ちで二隻の駆逐艦を見送った。

完全に孤立した大型空母に五キロの距離まで接近した長門は八門の主砲を向けると発光信号と無線で投降勧告を行なった。

投降勧告

一、我々は貴艦乗員生存の最後の機会を提供する。

二、二十分以内に降伏の意志表明がなければ直ちに攻撃を開始する。

三、貴艦撃沈後、乗員の救助は一切行わない。

投降条件

一、艦長、副長の他、当方が要求する人員を直ちに引き渡すこと。

二、当方人員の監視のもと、直ちに武装解除を行うこと。

三、降伏の意志表明後であっても、わずかでも敵対的行為があれば即時撃沈する。

米空母の乗員は日本空母に比べかなり多い。これは多数の搭載機、対空火器の他、損傷時の復旧機器、機材に至るまでありとあらゆる装備が充実した米空母では運用に多数の人員が必要となるためである。正規空母など多いものでは航空兵団を含めて三千四百～五百名が乗り組んでいる。わずか千六百～七百名の瑞鶴、翔鶴と比べると倍以上である。

米空母側にもはや選択の余地はない。

設定された二十分の期限が近づいた頃、投降を受け入れる旨の発光信号が空母側から送られてきた。

武装兵が乗り込んだ長門の艦載艇が空母に向かい、やがて艦はヨークタウンと判明した。前代のヨークタウンはミッドウェーで日本軍の空母攻撃隊と潜水艦に沈められ、今回は鹵獲されることとなったわけである。艦載艇が長門とヨークタウンの間を往復して武装解除が進められ、艦長のジェニングス大佐以下主だった指揮官が長門に収容された。

わずか数キロの距離で長門の主砲を突き付けられた米空母に次々と白旗が上がった。

使用可能な主砲がいまだ多数健在なのが明らかな米戦艦群については、呂二百部隊が魚雷攻撃を行う旨の威嚇を行った。艦首の魚雷発射管はまだ呂百型だった頃のものが高速化改造後も撤去はされずそのまま残っている。

主砲が健在な戦艦については抵抗も懸念されたが、航行不能のうえ単艦で個別に漂流している状態ではとても勝ち目はないとみたのか反撃を試みる艦はおらず、こちらもあっさりと白旗が上がった。

昭和十九年 六月二十日 〇一〇〇
サイパン西方 砲撃戦

二十ノットで東方に航行を続けた栗田長官率いる第二艦隊は日付の変わった二十日午前一時、サイパン西方百キロの地点に達した。このまま進めばあと二時間半ほどでサイパン沖だ。島一つない大海原でわずかな月明かりが海面を照らす。第二艦隊は重巡部隊を前後に配した戦艦部隊を中央隊とし、嚮導艦の軽巡二隻と駆逐艦から成る水雷部隊を左右の隊として三列隊形で進んでいく。

第二艦隊（司令長官：栗田健男中将）
　戦艦 四
　　第一戦隊（宇垣纒中将）
　　戦艦：大和、武蔵（四十六糎＝十八インチ砲搭載）
　　第三戦隊（鈴木義尾中将）
　　戦艦：金剛、榛名（三十六糎＝十四インチ砲搭載）
　重巡 八
　　第四戦隊（栗田中将直率）

愛宕（旗艦）、高雄、鳥海、摩耶
第七戦隊（白石萬隆少将）
熊野、鈴谷、利根、筑摩
軽巡 二
駆逐艦 十五
第二水雷戦隊（早川幹夫少将）
軽巡：能代
駆逐艦：長波、朝霜、岸波、沖波、藤波、浜波、玉波、島風
第十戦隊（木村進少将）
軽巡：矢矧
駆逐艦：磯風、浦風、浜風、朝雲、満潮、野分、山雲

戦艦部隊は大和、武蔵、金剛、榛名の順で並び、その前に旗艦の重巡愛宕が位置する。

「見張り員と電探員は警戒を厳にせよ」

栗田長官が指示を出した。

日中、サイパン沖で多数の米軍艦艇が出撃準備を整えている様子を複数の偵察機が確認している。米艦隊の迎撃は確実視されていた。

一時十三分、大和の二号二型レーダーが接近してくる艦隊を捉えた。

「距離三万八千に敵艦隊！」

電探員の声があがる。

大和から敵艦隊発見の発光信号を受けた愛宕で栗田長官が指示した。

「北北東に変針！」

「吊光弾用意だ。水偵を発進させろ」

大和、武蔵、愛宕のカタパルトから一機ずつ、合計三機の水偵が発艦した。

第二艦隊は正面から迫る米艦隊を避けるように左に向きを変えていく。

「敵艦隊、北に変針します！」

第二艦隊の動きを察知した米艦隊も向きを変えた。第二艦隊の進路を塞ごうとする意図は明らかだ。

この旧式戦艦を主力とする米艦隊はサイパン救援への最後の障害だ。そしてまた、敵の機動部隊、護衛空母部隊に続いてこの旧式戦艦部隊を叩くことが出来れば、マリアナ周辺のみならず大平洋全域において、もはや連合艦隊に脅威となる敵はいなくなる。

米艦隊は右舷側三万メートルの距離を同航しながら急速に接近してくる。

既に方位と距離が設定された各艦の全主砲がいつでも発砲可能な状態で敵艦隊に向けられている。

「水雷部隊は敵駆逐艦の接近を阻止せよ！」

既に左列隊は艦隊右側に移動している。栗田長官の指示で二隊の水雷部隊が嚮導艦の能代と矢舠を先頭に敵艦隊に向けて舵を切り、重巡部隊もその背後から敵艦隊へと続く。

既に両戦艦部隊は主砲の実効射程圏内に入りつつある。

双方の水偵から投下された吊光弾が主要艦艇群を照らし出す中、米艦隊では日本軍戦艦部隊一、二番艦の大きさをはっきりと認識し始めていた。

第五艦隊旗艦、重巡インディアナポリスの艦橋でスプルーアンス大将が、そして旧式戦艦部隊旗艦、ルイビルの艦橋でオルデンドルフ少将が日本軍の二隻の巨艦を深刻な表情で見つめていた。

メリーランドとコロラドの乗員は初めて見る巨大な艦の姿に息を呑んだ。双眼鏡の中の重量感溢れる艦影と小山のような艦橋。機動部隊に随伴していた最新鋭のニュージャージーやアイオワよりさらに一回り大きい。米軍もよく知る後続の金剛級が巡洋艦にしか見えない。

「六万……いや七万トン……」

メリーランドの艦長は思わずその重厚な威容に見とれた。

メリーランド、コロラドを始めとする自軍の戦艦はどれも金剛級と同程度のせいぜい三万トン台半ばだ。だが、一見しただけで巨艦のサイズはその倍近い。

十六インチ砲があれに通用するのか……？

見るほどに不安が募るが、自分達はサイパン上陸部隊を守る最後の砦だ。もはや相手にとって不足なしと考えるしかない。

日本側でも接近する米戦艦群を値踏みしていた。

「先頭の二艦がメリーランド級と思われます。敵艦隊の中では最強力です」

愛宕で小柳参謀長が栗田長官に報告した。

長らく現役の敵艦隊七戦艦の実力は日本海軍もある程度把握している。先頭の二艦は戦前、世界のビッグセブンに数えられた十六インチ砲搭載のメリーランドとコロラドに違いない。

「あれが我々の相手だな」

大和の艦橋で双眼鏡を覗いた森下艦長は呟いた。

後続の五艦はテネシー級、アイダホ級、ペンシルベニア級だろう。どれも主砲は金剛、榛名と同じ十四インチだ。米艦隊も先頭から順に強力艦を配置している。

両艦隊は同航戦の態勢のまま接近していく。

「距離二万四千です！」

「撃ち方始め！」

森下艦長が命じた直後、最大射程四万メートルを誇る大和の四十六糎主砲九門が敵一番艦に向け轟音とともに一斉に火を噴いた。大和の敵艦に向けての初めての砲撃である。発射の衝撃に艦が揺れ、周囲は一瞬真昼のように真っ白に輝いた。

「敵一番艦射撃を開始しました！」

メリーランドの艦橋で見張り員が報告した。

「ファイアー！」

既に狙いがつけられていたメリーランドの十六インチ砲も即座にこれに応じた。巨大な八本の閃光が闇を切り裂く。直後、後続のコロラドも敵二番艦に向け発砲した。

敵の巨艦の放った初弾がメリーランドの上を飛び去り数百メートル離れたところに巨大な水柱を上げた。

やがて後続艦も次々と砲撃を開始する。

戦艦部隊から離脱した前衛部隊の駆逐艦と巡洋艦も砲戦距離に近づきつつある。

「敵駆逐艦部隊、距離一万二千に接近！　背後に巡洋艦多数！」

右列水雷戦隊の先頭を進む矢矧の見張り員が叫んだ。

矢矧は先頭を進む敵駆逐艦に十五糎砲六門を斉射し、後続の駆逐艦群も十二・七糎砲でこれに続く。

敵駆逐艦も応戦してくる。直後に双方の背後に位置する巡洋艦部隊も砲戦に加わり、徐々に参加艦艇が増えていく。戦艦部隊の巨弾がはるか頭上を飛び交う中、両軍の四十隻以上の駆逐艦と二十隻以上の巡洋艦が放つ激しい砲撃の火炎が次第に海上を埋め尽くしていく。

初弾から数分後、双方の戦艦部隊の砲弾は徐々に目標を捉え始めた。

大和の最初の一撃はメリーランド中央後部マスト付近に命中した。砲弾はそこにあった艦載艇を粉砕したが、そのまま甲板上を通過し反対側の海上で爆発した。

「一弾命中！」

メリーランドの弾着観測員は巨艦の艦橋に巨大な火炎が拡がったのを見て報告した。

戦艦同士の巨弾による殴り合いが始まった。

大和の次弾は二発がメリーランドを直撃した。艦首付近の一発は大穴を開けただけで済んだが、二番砲塔付近舷側への一撃が甚大な被害を生んだ。

元々十四インチ砲搭載艦として完成し、後に砲だけ十六インチに換装したメリーランド級の装甲は対十四インチ砲防御でしかない。舷側の厚さ三十センチの鋼鉄を易々と突き破った大和の巨大な徹甲弾は重要防御区画の舷側ボイラ室をほぼ貫通して爆発、前部タービン発電機を破壊し二番砲塔を使用不能にした。たった一発で電力供給が半減したメリーランドはガックリと速度を落とした。

メリーランドの次弾も二発が大和に命中した。一弾は艦橋下部に当たり周囲の機銃群を吹き飛ばし、もう一弾は中央後部舷側で爆発し盛大に火炎を撒き散らした。

数十秒後、メリーランドはまた二発の直撃を受けた。一発は後部舷側装甲を貫徹し艦内部で爆発、第三砲塔の動きを止めた。艦手前に落ちた一発は水中を走って水線下に大穴を開け、大量の浸水が艦を傾かせた。

後続のコロラドも武蔵のわずか数発の直撃弾で大きな損傷を受けていた。大きく開いた孔から火炎を噴き、高々と黒煙を吹上げるメリーランドとコロラドはようやく数ノットで動きながら残る主砲で必死の応戦を続ける。だが、次々と命中弾が出ているにもかかわらず巨艦の動きにも砲撃にも何の変化も現れない。一方で二隻の巨艦は一斉射ごとに着実にメリーランドとコロラドを破壊していく。

最後の数斉射でついにメリーランドとコロラドの主砲を完全に沈黙させた大和と武蔵の主砲はゆっくりと旋回し後続のテネシー、カリフォルニアへと向きを変えた。

二隻は金剛、榛名と渡り合い、互いに十発近くの主砲弾を叩き込んでいたが、ともに決定的な打撃を与えることが出来ないでいる。

そんな中、巨艦の主砲が自艦を指向したのを見たテネシーの副長は青くなった。

「無理です！　とても歯が立ちません！」

メリーランドとコロラドの十六インチ主砲がまったく効かない時点でもはや勝負は明らかだ。十六インチ砲弾を弾き返す装甲に十四インチ砲弾が効くはずはない。

「ルイビルに離脱許可を要請しろ！」

艦長が副長に怒鳴った。

中間の海上では双方の艦隊に多数の命中弾を受けて炎上、停止する艦が続出している。多くの艦艇が次々と艦隊から落伍する中、さらに接近、肉迫した艦艇間で魚雷戦が始まった。

米軍艦艇は数が多い。だが、防空性能重視の米艦艇に対し、徹底して艦隊決戦に特化した日本軍の艦艇は駆逐艦だけでなく巡洋艦にまで多数の魚雷を搭載している。また、米駆逐艦の魚雷発射管は一回きりの撃ちっ放しなのに対し日本軍のそれは再装填も可能だ。雷速や射程といった性能面でも日本軍の酸素魚雷が米軍のＭＫ魚雷を上回る。さらに水雷戦が起きることなどまったく予期していなかった米軍に対し、日本軍は油の豊富な南方泊地で猛訓練を繰り返している。夜間水雷戦闘は日本海軍のお家芸といっていい。

日本軍艦艇から魚雷が発射されるのとほぼ同時に米駆逐艦からも魚雷発射の水しぶきが上がる。米駆逐艦は日本軍艦艇の攻撃をかいくぐり戦艦部隊に魚雷攻撃を仕掛けようと高速で突っ込んでくる。一方、日本側はこれを阻止しようとこちらも砲雷撃で対抗する。

数十分後、大乱戦がようやく収まりつつあった頃、参加艦艇のうちの何隻かは海上からその姿を消し、動きを止めた多数の艦艇が海上を漂っていた。

日本側の前衛艦艇群を突破した数隻の米駆逐艦がようやく日本軍戦艦部隊まであと三千メートル付近まで迫ったが、既にどれも単艦となり主力部隊への大きな脅威ではなくなっている。戦艦部隊の副砲が射撃を始め一隻が炎上すると、皆バラバラに残りの魚雷を投下して慌てて逃げ始めた。

米艦隊にはまだ戦艦三隻が残っていたが、勝負は既についていた。明らかに次元の異なる日本軍の二隻の巨艦と撃ち合っても勝ち目はない。主砲弾も残りわずかだ。駆逐艦は三分の一が沈み、三分の一が行動不能、残る三分の一も既に魚雷を撃ち尽くしている。

スプルーアンスもあきらめざるを得なかった。

米艦隊の残存艦艇は南に向きを変え戦場からの離脱を始めた。

「どうします？　追いますか？」

小柳参謀長が栗田長官に尋ねた。

「いや、追えば沈められるだろうが彼ら相手に無駄にする時間はない。今は一刻も早くサイパンに向かおう」

米艦隊の撃退には成功したものの水雷部隊は大損害を被った。先頭で集中砲火を浴びた能代、矢作の二隻は海上を漂い、艦隊に加わる駆逐艦も今では半数以下となっている。だが、主力の戦艦は最後方の榛名こそ複数の戦艦から集中的に狙われかなりの被害を出したものの四艦すべて健在だ。

第二艦隊はサイパンに向け航行を再開した。

昭和十九年　六月二十日　〇五〇〇
サイパン西岸　第二艦隊接近

「米上陸部隊はどの程度サイパンに残っていると考えるか？」

「おそらくまだ数万単位で島に残っていると思われます」

栗田長官の問いに小柳参謀長は少し考えてから返事をした。

「我が軍はキスカ撤退の折、約五千名を一時間足らずで収容しております」

小柳は昭和十八年七月二十九日に行われた、北部太平洋アリューシャン列島にあるキスカ島からの守備隊撤収作戦を例にあげた。

「兵には銃を捨てさせて身軽にし、使用済大発は回収せず自沈とするなど時間短縮の為のあらゆる対策をとったと聞いております。今回米軍も艦艇を総動員して同様のことを行っているはずです」

ですが、と小柳は続けた。

「キスカでは撤収時刻に全守備隊が準備万端キスカ湾で待ち構え一糸乱れず行動しましたが今回はいまだ戦闘中の突然の撤退です。数に限りがある上陸用舟艇も上陸時点で陸軍守備隊が破壊したものも多いようです。またグアムの基地航空部隊は昼夜にわたって継続的に妨害活動を繰り返しています。背後には陸軍部隊もいます。撤収開始から十六時間近くたっていますが米上陸部隊は大軍です。敵も必死でしょうがそう簡単にはいかないでしょう」

「ふむ、そうか……」

栗田はうなずいた。制空権と制海権の確保が確実になった今、既に敵陸上部隊への対応が彼の頭にあるのだ。艦砲射撃が必要になるかもしれない。

「このままいけばちょうど日の出頃、サイパン西岸に達します」

サイパン西方海上での戦闘の成り行きを固唾を呑んで見守っていた米陸上部隊にその結果が伝えられると一縷の望みを託していた全将兵に落胆が拡がった。旧式戦艦部隊による最後の抵抗が破られ巨大戦艦二隻を含む日本軍水上部隊が二時間後に沖合に現れることが確実になると、まだ暗い海上で既に慌ただしかった艦船の動きが一気に緊迫感を増した。切迫した状況は全軍に逐一伝えられている。こんなところでいつまでもウロウロしているわけにはいかない。

装備を放棄し身軽になった兵員を満載し終えた輸送艦は次々とサイパン南端を廻り東に向かって全速力で離脱していく。海岸には兵員が集結して長い列を作り艦船から戻ってきた上陸用舟艇に脱兎のごとく乗り込んでいく。乗組員達は少しでも多くの兵を収容しようと躍起になり、乗艦した兵員達は艦上を走った。

内陸部にもまだ多くの兵が残っていた。日本軍は積極的に攻撃してこないものの、撤退しようとすると即座に追撃してくる。撤収出来ず取り残された場合のことを考えれば安易に兵器を放棄して敵に渡すわけにはいかない。

「艦艇に収容が終わった兵員はまだやっと半数を超えたところです！　敵の追撃が激しくなり撤

収はますます難しくなってきています。あと二時間程度ではとても全軍収容出来ません！」

ムーア大佐がスプルーアンスに報告した。

上陸部隊の多くが取り残されるのはもう確実だった。

第二艦隊は二十日明け方、サイパン島西岸に接近した。

南の海上には全速で逃げる複数の船が見える。海岸には上陸時に破壊された船艇と撤収時に乗り捨てられた船艇が一緒くたになって無数に散乱、放置され、大混乱だった様子が見て取れた。

撤収をあきらめた米軍部隊は既に海岸線から内陸に退避していたが、陸上では完全に日米の立場が逆転していた。半数以上が撤収した今でもなお兵数も装備も米軍の方が圧倒的なのだが取り残された米軍部隊にはもう戦う気力が失せている。とにかく制海権も制空権も完全に敵に奪われ、置いてきぼりの貧乏くじを引かされた挙句、今後の援軍も補給も一切見込みがないというのだからどうしようもない。地理的にもマリアナは米軍根拠地からあまりに遠かった。

だが一方で、降って湧いたような突然の勝利にいまだ夢見心地の日本軍将兵も、ほぼ勝負が決まったこの段階で今更突撃して無駄死にしたくはなかった。撤退を始めた米軍の後について残存歩兵部隊だけで島南部を追撃してきたものの、戦車一両撃破したわけでもなく、もし実際に本格的な戦闘となれば兵器人員、質と量すべてにおいて圧倒的な米軍に歯が立たないのは明らかだ。島の周囲は昨日までとは打って変わって日本軍艦艇が取り巻き上空を飛ぶのはすべて友軍機である。米軍上陸以来再三の死地をくぐり抜け一度は捨てることを覚悟した命も助かる見込みが大きくなった今となっては無性に惜しい。一部に弔い合戦を主張するものはいたものの将も兵も大半は皆同じ気持ちだった。

双方とも今積極的に戦う理由を見いだせない中、互いの思惑が合致しまるで打ち合わせでもしたかのように戦闘は完全に停止していた。

「昨夜の戦闘海域で複数の敵駆逐艦が漂流者の救助を行っているとの報告が哨戒機から入っていますが、どうしますか？」

「ほうっておいてやれ。もはや大勢に影響はない」

小柳の問いに栗田は鷹揚に答えた。

第二艦隊司令部は米軍部隊に投降勧告を行った。

こうなると合理主義、人命重視の米軍は弱い。今回の作戦で使用可能な艦艇の全てを注ぎ込んだ米海軍にもはや増援可能な部隊はない。上陸部隊司令部やハワイの太平洋艦隊司令部とやり取りを繰り返し自軍が完全に孤立無援の状態に陥ったことがはっきりした後もなお降伏をためらっていた米軍部隊も二日後、島南部を取り巻いた五隻の戦艦を含む多数の艦艇から一斉威嚇砲撃を受ける事態になってついに勧告に応じた。

投降間際まで日本軍守備隊と対峙していた米軍に自軍兵器を破壊する時間はほとんどなかった。

大量のM四戦車、バズーカ、対戦車自走砲、米軍装備の膨大さに陸軍司令部は呆れ返った。

ある程度予想はしていたものの、それは貧乏所帯の日本軍が想像出来る規模をはるかに超えていた。日本軍の数倍の七万人を超える部隊の兵器、弾薬だけでなく、サイパン占領を見越して燃料から糧食に至るまでありとあらゆるものを予備まで含め、あり余るほど大量に準備していた米軍は島南部を確保した後、ちょうど昨日の朝までにすべて揚陸済であった。日本軍の目から見ると戦場に何故こんなものが必要なのかと思われるような嗜好品や日用品の類までもが潤沢に揃っている。

「これは米軍からの贈り物か？」

延々と続く輜重部隊士官の報告を聞きながら、斎藤中将は目の前に見渡す限りに並べられた戦利品を呆然と見つめ独り言のように呟いた。今更ながら彼は米軍の恐ろしさを思い知らされていた。

こんなもの勝てるわけがない。

「これだけあれば我々なら一年どころか二年だって戦えるぞ。こんな装備を持っていて投降するやつらの気が知れんわい」

鈴木大佐が呆れたとでも言わんばかりに首を横に振った。

「これだけの装備が手に入ったからには米軍には二度とこの島の土を踏ませません」

井桁少将が断言した。

昭和十九年 六月二十七日
ガラパン 祝勝会

守備隊戦死者の弔いを終え、膨大な鹵獲艦船と兵器、そして夥しい数の捕虜の当面の処置がようやく一段落した一週間後、ガラパンの町で陸海軍合同の祝勝会が盛大に開かれた。

小規模なものは既にあちこちで各部隊や町の有志主催で開かれていたが、公式かつこれほど大規模なものは今回が初めてである。舞台に設けられた雛檀には東條首相の姿まで見えた。

米軍が総力を注ぎ込み、数年をかけて作り上げた大艦隊と上陸部隊の大半を鹵獲、捕虜にするという日本海海戦を上回る史上類を見ない完全勝利に狂喜乱舞の東條内閣は祝勝会に合わせ首相のサイパン訪問を急遽決定したのである。もちろん数日前まで前線だった地区に首相が訪問するなど異例中の異例である。反対論も多かったが首相は譲らなかった。

雛檀の首相はニコニコしていた。絶えることのない首相の満面の笑みに周囲は気味悪がってすっかりひいていたが、彼にしてみれば笑顔どころか本当は踊り出したい気分であった。

実のところ『たとえ海軍航空がゼロになっても敵を叩き出せる』と大口を叩いた陸軍部隊主力が壊滅しタポチョ山方面に後退した十八日の時点で、彼はもうこれは駄目だと半ば観念していた。これまで陸軍も海軍も『絶対に間違いない』、『今度は大丈夫』と声高に主張した挙句、何の成果もあげられないまま増援部隊をことごとく擦り潰し撤退するという愚挙を性懲りもなく繰り返してきたからである。だからこの時首相は絶望的な気持ちで『ああマリアナも同じだ……』と思った。『もう駄目だ……』と思った。

ところがである。あにはからんや今回は違ったのである。

半ば虚脱状態だった首相のもとに敵機動部隊壊滅の第一報が届いたのは十九日昼過ぎのことだった。

あきらめかけていた首相は一瞬眩暈がするほどの安堵感に襲われたのだが、その喜びに浸る間もなくすぐその胸に浮かんだのは『まさか出鱈目じゃなかろうな?』という疑念だった。やがて敵機動部隊の空母、戦艦すべて撃破確実、敵上陸部隊撤退中との詳細情報が複数入りようやく大勝利間違いなしの確信が持てるようになると、今度は『一体何故勝てたのだろう?』という疑問がふつふつと湧いてきた。どうしてこんな思いもよらぬ大勝利が突然転がり込んできたのか、彼には皆目見当がつかなかったからである。

十九、二十日の二日間はサイパン守備隊だけでなく、彼にとっても『天国から地獄』ならぬ、まさに『地獄から天国』の急展開であった。

二日後、大勝利の立役者となった高速潜水艦部隊の詳細情報がようやく官邸に伝えられると首相はだらしなく相好を崩してその報告を聞いた。

そのような秘密兵器を隠しておったとは……。海軍もなかなかどうして心憎い真似をするではないか……。

昨日サイパン到着後、彼は島南東部の高台に案内され島中で大きな話題となっているラウラウ湾に収容された米鹵獲艦艇群を視察した。二十隻に及ぶ巨大な空母と戦艦をじっと見つめた首相は何度も大きく頷き、ひととき感慨に耽っていた。

その夜更け、ガラパンの宿泊施設で首相の部屋の前を通りがかった一人の従業員はふと何かを聞いたような気がして立ち止まった。叫び声のようでもあった。不審に思ったその従業員はじっと耳を澄ませたがその後は物音一つしなかった。宿泊客が寝言など叫ぶのはままあることである。空耳だったのだろうかと彼は首をかしげながらそのまま立ち去ったのだが確かにこう聞こえたようであった。

「思い知ったかルーズベルト！」

首相が引き連れてきた花火師達が打ち上げる大量の花火が夜空を彩っている。戦時統制が強化された昨今では内地でも花火など見られる機会はまずない。さすがに花火は不謹慎だというものが多かったのだが、ここでも首相は今やらないでいつやるのだと言って聞かなかった。

彼はもう戦争に勝ったような気になっていた。だがそれも無理はない。鹵獲した兵器群は質量ともに日本が数年がかりでもとても作ることの出来ない途方もない代物であった。また日本軍は米英が長年にわたり蓄積してきたありとあらゆる最高軍事技術を一夜にして大量に手に入れたのである。

高速潜水艦出現の情報はニューギニア方面で破竹の進撃を続けてきた米陸軍部隊の行動にも大きな影響を及ぼした。海軍の機動部隊が消滅し今後一切の航空支援が期待出来なくなった中、敵高速潜水艦により海上輸送路を絶たれることを恐れたマッカーサーの陸軍は水上部隊や輸送船団を退避させるとともに最前線から兵員を撤退させた。　彼らは当面守備に徹する構えを見せ始めていた。

参加者多数の祝勝会は立食形式である。

周囲を第六艦隊の参謀達に囲まれた高木長官のもとには先日マリアナ沖海戦と名付けられたこの大海戦での潜水艦部隊の活躍を聞き知った人々が陸海軍双方からひっきりなしにやってきて挨拶していく。

そんな中、二人の陸軍将校が歩み寄ってきた。第四十三師団長斎藤中将と第三十一軍参謀長井桁少将である。彼らは陸海軍合同会議などを通じて既に高木と面識はあったが、当然のことながら第六艦隊の呂二百部隊のことを聞き知ったのはすべての戦闘が終わった数日後のことであった。

「高木長官。潜水艦部隊の大変なご活躍、お聞きしました」

斎藤中将はにこやかに高木に呼びかけた。

「おかげさまでこうしてまたうまい酒が飲めます」

高木はいやいや、とでも言うように手を横に振った。

「我々の作戦がうまくいったのも陸軍守備隊の頑張りがあったればこそ。犠牲は陸軍部隊の方がはるかに多い」

「お気遣い痛み入ります。しかしそれはそれとして今回の海軍の大勝利には我々陸軍としてもまったく畏れ入りました。開いた口が塞がらんとはまさにこのことです。部隊の中には長官のことを東郷元帥の再来と言っておるものもいます」

「いや、私はもはや東郷元帥を超えたという声を聞きましたぞ」

井桁少将がつけ加えた。

「それは違います」

高木は苦笑いをした。

「そもそも高速潜水艦計画が始まったのは私が第六艦隊に赴任する以前のことです。その後も私がやったことと言えば既にひかれたレールの上をただただ前に進んできたに過ぎません。たった一人でそのレールをひいたのは小池中佐です」

「何をそのようなご謙遜を。ですが確かに我々もその小池中佐の話は聞き及んでおりますぞ。高速潜水艦部隊を率いられ、まさに鬼神もこれを懼れる働きであったとか」

斎藤中将は同意を求めるように周囲で三人の話を聞いていた第六艦隊の参謀達を見回した。

皆、揃って大きく頷いた。

「それでその小池中佐は今どちらにおられるのですか？」

斎藤、井桁の二人はキョロキョロと周囲を見回した。

「それが……」

高木は口を濁した。

「フィリピン方面の部隊から至急どうしても呂二百部隊の情報を聞きたいという依頼があり、今そちらの方に……」

「そうですか……」

二人は残念そうな顔をした。

「是非一言ご挨拶したかったのですがそういう事情ではやむをえませんな。戻られたら我々が礼を申しておったとくれぐれもよろしくお伝えください」

二人が立ち去った後、高木はそこに来ていた塩崎を手招きしてそばに呼んだ。

「あれから何か新しい情報はあったか？」

「いえ……心当たりは全てあたってみたのですが……」

塩崎は首を振った。

「しかし彼は一体どこに行ってしまったのだ？」

高木は途方に暮れた様子で言った。

サイパンでの戦闘が終わった日、小池は忽然と姿を消した。翌朝、司令部に姿を見せない小池の様子を見に塩崎は彼の宿舎まで行ったのだがそこには誰もいなかった。驚いたことに彼の部屋には何もなかった。空っぽだった。それ以来小池の姿を見たものはない。

「実は米軍上陸部隊の投降が決まったあの日、小池さんが私のところにやってきて『自分の役目はこれで終わった。塩崎君、君には大変感謝している。ありがとう』と言われたのです。私は『いえ、私の方こそこれほどの大勝利に立ち会うことが出来たのは偏に小池さんのおかげです。本当に幸運だったとしか言いようがありません』とお答えしたのですが……」

塩崎は思い起こす様に言った。

「一瞬妙な気はしましたが、その時は米軍の投降でついに大勝利が確定したということもあってそういう会話も特におかしいとも思いませんでした。ですが、それが結局、小池さんとの最後のやりとりになってしまいました。今、改めて考えるとあれは別れの挨拶だったのかもしれません」

「まさか自決なんてことは？」

高木の問いに塩崎はとんでもない、とでも言うように顔の前で手を横に振った。

「小池さんが自決するような人ですか？　最後に見たときだってニコニコしていましたよ。あんな顔して自決する人間がいるもんですか」

「確かに……私もそう思う」

「不思議なことがあるのです」

そう言って塩崎は続けた。

「昨日、小池さんの行方を探ろうと海軍省に連絡をとりました。何とか事情は伏せて彼の記録を調べてもらったところ、兵学校と軍務の記録は全てありましたが、どういうわけか実家や出生地の記録が一切見つからないと言うのです。そんなはずはないだろうと何度か調べてもらいましたから間違いありません。先方も不思議がっていました」

「一体……それはどういう……」

高木は塩崎の顔を驚いたように見つめた。

「分かりません。ですが……」

塩崎はこれまで時折、不思議に感じた彼の上官の言動についても高木に話した。そして躊躇うようにこう続けた。

「最近、私にはこう思えてならないのです。『ひょっとすると小池さんはあまりに不甲斐ない我々の様子を見かねてどこか遠い我々の知らないところから助けにやってきてくれたのではあるまいか？』と」

「……」

「このわずか一年ほどの間に呂二百部隊と仁型哨戒艇の哨戒網を作り上げることが出来たのは、計画に関わった多くの人達の努力の賜物であることは間違いありません。ですがもし小池さんの獅子奮迅の働きがなかったら、今ここに影も形もなかったであろうことは疑う余地がありません。強力な米軍部隊に手も足も出ないまま機動部隊は壊滅、陸軍守備隊は玉砕、既にマリアナは米軍に占領されていたことでしょう。そして多くの日本人が感じ始めていた敗戦の暗い影がその大敗北で目の前の現実の脅威へと変わっていたはずです」

しばらく二人は沈黙した。

「すると彼は毘沙門天だったのだろうか……？」

高木がひとり言のように呟いた。

毘沙門天は仏教における四天王の一尊に数えられる武神である。

「さあ、あんなおかしな毘沙門天がいるとも思えませんが……」

塩崎は首を傾げた。

「どこかの山奥の祠に棲む神様だったのかもしれません」

高木は少し考えてから言った。

「まあ、日本には八百万の神々がいる。皆、人間臭い神々だ。多くは人間の想像力が生み出したものだろうが、中には一人ぐらい本物がいたっておかしくはないな」

彼はそうは言ったものの、何だか急に可笑しくなってきた。

塩崎は言った。

「そうですね。ですが小池さんが何者であったとしてもそれはもう永遠に分かりそうにありません。それより今、私にとって大事なのは小池さんが確かにここにいたという事実と彼が残した言葉です。小池さんは私にこう言いました。『人の言うことなど聞くな。自分を信じるな。何が『本当の事』なのか、ただそれだけを考え続けろ。分かったらそこから絶対に眼を逸らすな。そうすれば必ずや道は開ける』」

高木は目を瞠った。

「その通りだ。我々は皆、彼以外の唯の一人も『本当の事』に向き合おうとはしなかった。米軍の途方もない力を冷静に推し量ることもせず、戦局が抜き差しならない状況になるまで何の根拠もなくまだ大丈夫だろう、もし米軍がやって来ても皆で頑張れば何とかなるんじゃないかとただ何となく漫然と考えていた」

高木はグラスの酒をじっと見つめた。

どこかおかしいと誰もが気付きながら自分では何を試みようとすることもなく、自分は精一杯やっているのだと心の中で一生懸命言い訳を繰り返しながら……。

高速潜水艦 呂二百

二〇一八年六月三十日 初版第一刷発行

著　者 田中実

発行者 谷村勇輔
発行所 ブイツーソリューション
〒四六六・〇八四八
名古屋市昭和区長戸町四・四〇
電　話 〇五二・七九九・七三九一
FAX 〇五二・七九九・七九八四
発売元 星雲社
〒一一二・〇〇〇五
東京都文京区水道一・三・三〇
電　話 〇三・三八六八・三二七五
FAX 〇三・三八六八・六五八八
印刷所 モリモト印刷

ISBN978-4-434-24766-8